AF368251

Rédemptions

Du même auteur :
    Genre polar, aventures, romance :
Les Disparues du festival
Suriname Connexion
Les Ailes noires du goéland
Mémoire de glace
Chambre 25
Le Prisonnier de l'île aux pêcheurs
Rédemptions
Un jour, il faut payer…
La Faim des loups (Ce qu'ont dit les loups)
Dramatique Équipée
Où es-tu partie ?

Sous nom d'auteur Jean AREC :
    Genre New romance :
Manon au Cap – 1 – Initiations
Manon au Cap – 2 – Révélations
Manon au Cap – 3 – Jeux de dames à Bora-Bora

ISBN : 978-2-9593388-3-0
Dépôt légal : octobre 2024
3e édition

 ALADANIS

Contact pour ce livre : adecortes.auteur@gmail.com
Tous droits de traduction, d'adaptation et de reproduction par tout procédé et pour tout type d'usage sont interdits.
V02b 2024-10
1re publication : juin 2022
Illustration de couverture : AdobeStock / marina

Alain DECORTES

Rédemptions

*Il y a tant de facettes à l'union d'un homme et d'une femme,
que ce n'est pas un tiers qui pourra
comprendre ce qui se passe entre eux.*

Auður Ava Ólafsdóttir

AVANT-PROPOS

L'auteur tient à préciser que tout ce qui est relaté dans cet ouvrage n'est que fiction. Les personnages et les situations de ce récit étant purement imaginaires, toute ressemblance avec des personnes ou des situations existantes ou ayant existé ne serait que pure coïncidence.

Détail du reliquaire du sanctuaire de la Sainte-Baume

à mes professeurs de lettres

PROLOGUE

Haut-Jura – jeudi 11 avril

Les derniers rayons du soleil illuminaient encore le sommet des montagnes, tandis que la clarté délaissait le fond des vallées. La Combe d'Enfer portait bien son nom. Ce profond ravin difficile d'accès avait été baptisé ainsi par les anciens à cause des anfractuosités calcaires qu'il renfermait et qui communiquaient soi-disant avec l'enfer.

Non loin de là, au beau milieu des sapins, l'homme chargea sur son épaule le corps nu désormais sans vie. Le calvaire était enfin terminé pour la jeune fille. De ses chevilles et de ses poignets pendaient les cordelettes qui avaient servi à l'attacher.

Il marchait, plié vers l'avant, la tête penchée à gauche pour empêcher son fardeau de glisser. Il s'accommodait de cette pénible posture car la distance à parcourir était assez courte.

L'homme sortit d'entre les sapins et arriva à l'éperon rocheux. Il avança jusqu'à la pointe qui surplombait la Combe d'Enfer et déposa délicatement le corps juvénile sur les pierres. Il voulait admirer sa victime une dernière fois. Il lui écarta les bras et les jambes pour mieux la savourer du regard. Plus besoin de l'attacher, maintenant. Elle s'offrait naturellement à lui. Il la contempla et lui parla :

– Tu es magnifique. Dommage que ce soit déjà fini !

Il s'approcha d'elle et glissa le pied sous ses reins. Elle semblait étonnamment légère. Il la retourna sans difficulté. Il répéta le même geste en lui soulevant le ventre. Une dernière rotation, et le corps bascula dans le vide.

Il se pencha au-dessus du ravin pour s'assurer que le cadavre n'était pas resté accroché à la paroi. Cet incident ne s'était jamais produit en raison du surplomb de l'éperon rocheux, mais mieux valait vérifier !

La Combe d'Enfer, impénétrable, n'avait plus qu'à digérer ce nouveau corps.

L'homme redescendit tranquillement à travers bois jusqu'à sa voiture, la mine réjouie, en sifflotant.

- 1 -

Bruno Martel était venu à pied par la rue de Châtillon depuis la gare toute proche. Comme chaque fois, il s'arrêta devant l'imposant porche fermé par une grille blanche aux barreaux serrés. Le style massif et austère reflétait bien l'âge de la construction, près de cent cinquante ans. Dès sa première venue, le professeur d'histoire qu'était Bruno Martel avait reconnu sans difficulté la marque des architectes de Napoléon III.

Le quinquagénaire s'accorda quelques instants pour regarder fixement l'édifice. Derrière le porche était installé le centre pénitentiaire de Rennes où Claire était emprisonnée en attente de son procès.

Bruno pensa très fort à elle. Malgré son esprit cartésien, il imagina Claire réceptive à ses cogitations et devinant sa présence de l'autre côté de l'enceinte. Il ne l'avait plus revue depuis son arrestation deux mois plus tôt.

Claire devait rendre des comptes à la justice. Il le comprenait parfaitement. En revanche, il estimait abusive et arbitraire la décision prise par le juge d'instruction : une mise à l'isolement avec interdiction de visite ! La seule personne qu'elle avait le droit de rencontrer était son avocate avec qui Bruno Martel avait rendez-vous, deux rues plus loin.

Le professeur d'histoire lança un dernier regard à la prison et reprit sa marche jusqu'au cabinet de maître Céline Delpierre.

Bruno rencontrait l'avocate pour la quatrième fois. Elle était son seul lien avec Claire. Après l'avoir fait patienter un quart d'heure en salle d'attente, la jeune juriste aux cheveux blonds rassemblés par une queue de cheval l'accueillit en s'excusant pour le retard. Elle le conduisit jusqu'à son bureau, le fit asseoir, ferma la porte et s'installa en face de lui.

– J'ai rencontré Claire Lachard hier pour continuer de préparer sa défense et la tenir informée de l'évolution du recours. Je n'irai pas par quatre chemins, monsieur Martel. Les nouvelles ne sont pas bonnes. Le moral de ma cliente est au plus bas et le juge Baudoin a rejeté notre demande de mise en liberté provisoire.

En une phrase, l'avocate avait résumé une situation que Bruno avait malheureusement déjà anticipée.

Claire Lachard était accusée de meurtre, de tentative d'assassinat et d'association de malfaiteurs en relation avec une entreprise terroriste. Difficile de trouver un chef d'inculpation plus complet.

– Pourquoi ce juge s'acharne-t-il sur elle ?

demanda Bruno. D'abord, ce n'était pas un meurtre, mais de la légitime défense. Ensuite, qualifier d'entreprise terroriste un intégrisme religieux relève de l'exagération. Et enfin, la tentative d'assassinat n'est pas prouvée.

– Oui. J'ai moi-même utilisé ces arguments. Mais le juge Baudoin a précédemment instruit de nombreuses affaires antiterroristes. Le fichage S de Claire Lachard a, de toute évidence, fortement pesé dans sa décision.

Bruno ne pouvait pas contester ce dernier point. Claire avait été endoctrinée par les Soldats de la rédemption, une secte plus qu'une religion qui incitait ses disciples à tuer pour effacer leurs péchés. Apparentés à l'Église de scientologie à leur création, les Soldats de la rédemption avaient rapidement été exclus de la « maison mère » à cause des dérives dogmatiques qu'ils prônaient.

Mais Claire s'en était sortie. Elle avait tourné la page et avait même sauvé Bruno d'une mort programmée par la secte.

En raison de sa thèse intitulée *Schisme, hérésie, secte : comment qualifier la dissidence religieuse* publiée trois ans plus tôt, l'historien qu'était Bruno Martel connaissait parfaitement les Soldats de la rédemption et leurs méthodes d'endoctrinement. Pour lui, Claire était avant tout une victime.

Maître Delpierre apporta d'autres informations :

– Claire Lachard est très affectée. Non par sa mise à l'isolement proprement dite, mais par l'impossibilité de voir ses enfants. Elle m'a aussi demandé de vous dire qu'elle pensait beaucoup à vous.

– Lui avez-vous transmis ma lettre ?

– Je suis désolée, monsieur Martel. Avec les règles draconiennes de sécurité, cela ne m'a pas été possible.

Tout en continuant de parler, Céline Delpierre lui rendit l'enveloppe. Elle ressentait de la sympathie pour cet homme, mais ne pouvait malheureusement pas lui apporter la moindre bonne nouvelle. La juriste s'abstint de lui révéler les tendances suicidaires qu'elle avait cru déceler chez la détenue et qu'elle avait signalées à l'administration pénitentiaire. Inutile de faire souffrir davantage Bruno Martel déjà très éprouvé par l'emprisonnement de Claire Lachard.

Elle termina la conversation par le seul point positif du moment : Claire était désormais complètement remise de ses blessures par balles.

Bruno remercia l'avocate et quitta le cabinet. Il regarda sa montre. Il avait largement le temps d'attraper son TGV pour Paris. Il tenait à être à l'heure pour son rendez-vous à la Sorbonne. Hors de question d'arriver en retard à la convocation du doyen de la faculté, même si celui-ci était un ancien collègue, professeur d'histoire lui aussi !

- 2 -

Bruno arriva à la Sorbonne. Il se recoiffa machinalement de la main. À l'approche de la cinquantaine, quelques cheveux blancs s'étaient installés sur son crâne. La couleur brune avait perdu l'intensité d'autrefois. Les tempes aussi avaient commencé à grisonner, contribuant à renforcer le côté séducteur de cet homme d'un mètre quatre-vingt.

Le professeur avait trente minutes d'avance. Le temps de faire un crochet par le bureau de Martine pour savoir où se déroulait le rendez-vous avec le doyen. Peut-être la secrétaire connaissait-elle l'objet de la rencontre. Il s'interrogeait. Des remarques sur sa dernière conférence ? Une prochaine réorganisation de l'UFR[1] ?

La porte du secrétariat était à demi ouverte. Une frappe discrète et il pénétra dans le bureau en lançant :

– Salut Martine. Je…

Il s'interrompit. Ce n'était pas Martine.

---

[1] Unité de Formation et de Recherche.

— Oh, je vous demande pardon ! Il y a eu du déménagement. C'était le bureau de Martine et…

En prononçant les quelques mots d'excuse, Bruno découvrait la jeune femme assise à la place habituelle de la secrétaire du département. Elle était brune, les cheveux courts, plutôt jolie malgré des lunettes à grosses montures noires qui lui durcissaient le visage. Elle portait un chemisier à fleurs. En d'autres temps, poussé par ses réflexes de célibataire séducteur, il aurait sans doute poursuivi de la passer au crible de son jugement masculin. Autre époque ! Désormais, il ne voyait derrière le bureau qu'une personne asexuée en train de travailler sur son ordinateur.

— Désolée, répondit la jeune femme. Ce n'est pas Martine, c'est Diane. Et il n'y a pas eu de déménagement. Je remplace Martine jusqu'à la fin de la semaine.

— Elle est malade ?

— Non. Une formation qui a été avancée d'après ce que j'ai compris quand nous nous sommes croisées à mon arrivée.

— Alors là, je suis scotché ! C'est bien la première fois. D'habitude, on attend un mois pour avoir une remplaçante. L'administration de la fac est en progrès.

— Sans doute, répliqua Diane en souriant. Vous êtes Bruno Martel ?

— Oui, excusez-moi ! Je ne me suis pas présenté. J'ai rendez-vous avec Marc… ou plutôt avec le doyen, devrais-je dire.

— Oui, je suis au courant. Je dois même vous

informer qu'il ne vous recevra pas dans son bureau, mais en salle F621. Vous situez ?

Bien sûr qu'il connaissait la F621, une salle de travail en entresol derrière la bibliothèque. Pourquoi la rencontre n'avait-elle pas lieu dans le bureau de Marc ? Il espérait bientôt comprendre.

Il regarda sa montre. Il pouvait s'octroyer un quart d'heure pour passer par la salle des profs et prendre un café. Là encore, en d'autres temps, il n'aurait pas manqué d'inviter la nouvelle secrétaire pour faire sa connaissance… et plus si affinités ! Avec son cerveau formaté par l'Histoire, il ne put toutefois empêcher une évocation du prénom de la jeune femme : Diane, déesse de la chasse dans la mythologie romaine. La chasseresse chassée ! Vaste programme qu'il aurait naguère certainement envisagé. Mais plus aujourd'hui. Désormais, son esprit était ailleurs. Depuis trois mois, l'image de Claire ne le quittait plus.

Du haut de son mètre quatre-vingt-dix, Fabrice, le grand blond, collègue et ami de toujours, l'accueillit quand il pénétra dans la salle des profs :

– Tiens, Bruno ! Tu as encore des cours ? Une conférence ?

– Salut Fab ! Non. Un rendez-vous avec Marc.

Fabrice Ligier, professeur d'histoire, spécialiste de l'Antiquité et plus particulièrement de la période romaine. Il était un peu le double de Bruno à la Sorbonne. Ils avaient eu le même parcours. Quinquagénaires depuis cette année, ils étaient tous deux restés célibataires. À ce titre, ils avaient souvent rivalisé dans le domaine des conquêtes féminines, sujet que Fabrice ne manqua d'évoquer en saisissant son gobelet de café :

— Tu as vu la remplaçante de Martine ?

— Oui, je suis passé par le secrétariat, répondit Bruno.

— Bien foutue, tu ne trouves pas ?

Il ne releva pas. En effet, il n'avait aucune envie d'entamer un dialogue sur le physique de la secrétaire. Fabrice renchérit :

— Je n'ai pas réussi à savoir si elle était mariée. En tout cas, elle ne porte pas d'alliance, mais ça ne veut rien dire. Apparemment, pas une fille facile. Je me suis déjà pris un râteau, mais je ne m'avoue pas vaincu.

— Écoute Fab, en ce moment, je n'ai plus trop envie de batifoler.

Il ne désirait pas épiloguer. Inutile de lui parler de Claire. Les questions se seraient multipliées. Malgré l'amitié qu'il portait à Fabrice, Bruno aspirait à maintenir une frontière étanche entre ses vies sentimentale et universitaire. En aucun cas, il ne souhaitait avouer que son amour pour Claire l'avait complètement transformé.

— Holà ! réagit le grand blond. Moi qui voulais te proposer un concours. T'es malade ? Tu te retires au couvent ?

— Non. Je sais que ça va te paraître bizarre, mais coucher pour coucher ne m'intéresse plus.

— Eh ben mon vieux !

— Allez, je te laisse ! Marc doit m'attendre. Salut. Et bonne chance avec la nouvelle secrétaire !

- 3 -

Bruno connaissait les couloirs de la Sorbonne par cœur. Il traversa la galerie Jean-Baptiste Dumas et gagna l'entresol. Il frappa à la porte de la salle F621.

– Entrez !

Ce n'était pas la voix de Marc. Effectivement, quand il pénétra dans la pièce, il découvrit un homme chauve. De petites lunettes à la monture dorée tentaient vainement d'adoucir la dureté de son visage. Costume, cravate. Il n'avait rien de quelqu'un de la maison.

– Bonjour professeur !

L'utilisation du titre pour le salut confirma à Bruno que l'homme était étranger à la faculté de lettres. Jamais on ne s'appelait ainsi entre sorbonniens. La secrétaire remplaçante, non encore familiarisée avec la maison, s'était certainement trompée en l'envoyant en salle F621.

– Bonjour monsieur, intervint Bruno. J'ai rendez-vous avec le doyen de la faculté. J'ai dû faire erreur sur le lieu.

– Absolument pas. Vous avez bien rendez-vous ici, pas avec le doyen, mais avec moi. Merci pour votre ponctualité.

– Qui êtes-vous ?

— Je suis toujours ennuyé pour répondre à cette question.

Bruno hésitait entre un canular monté par Fabrice et un type dérangé qui aurait réussi à pénétrer dans l'enceinte de la fac. Il tourna les talons, bien décidé à se rendre au vrai bureau du doyen. L'homme enchaîna avant qu'il ne quitte la pièce.

— Monsieur Martel ! En 2017, vous avez publié une thèse intitulée : *Schisme, hérésie, secte : comment qualifier la dissidence religieuse ?*. Vous êtes un expert incontesté en matière de théologie. Il y a trois mois, vous avez été enlevé et manqué être la victime d'une bande d'intégristes religieux. À cette occasion, vous avez retrouvé une amie d'enfance, Claire Lachard pour qui une procédure judiciaire est en cours et qui est actuellement incarcérée au centre pénitentiaire de Rennes. Je connais tout de vous, monsieur Martel. Notre rencontre est très sérieuse. Alors je vous demande de rester. Une fois que vous m'aurez écouté, vous serez libre de donner ou non une suite à notre entretien.

Ça ne ressemblait plus à un canular.

Bruno réfléchit. Sa thèse était publique, donc n'importe qui y avait accès, mais l'évocation de l'affaire de l'île aux pêcheurs et de son histoire avec Claire posait question. Comment ce type pouvait-il être au courant ? La police avait gardé les évènements secrets pour complément d'enquête. Se conformant aux recommandations, Bruno n'avait parlé à personne de ce qui lui était arrivé au mois de mars[1].

Autant en savoir plus avant de repartir et d'alerter la sécurité.

– D'accord, je vous écoute.

– Aimez-vous la France, monsieur Martel ?

Ça commençait bizarrement !

– Oui, se résolut-il à répondre. On ne peut pas enseigner l'Histoire, de Clovis à nos jours, sans aimer la France.

Réplique un peu bateau, dit-il en son for intérieur en même temps qu'il prononçait ces mots.

– Très bien. Nous avons besoin de vous pour aider la France, monsieur Martel.

– Mais qui êtes-vous donc ? J'exige une réponse si vous voulez que nous poursuivions cet entretien !

– Mon nom ne vous serait d'aucune utilité, monsieur Martel. Disons que je m'appelle Dupont ou Durand. Je suis un militaire. Je possède le grade de colonel. Je suis détaché dans un service gouvernemental qui ne figure sur aucun organigramme. En résumé, pour vous je suis « le colonel ».

Bruno dut se contenter de cette brève et étonnante présentation.

– Je n'irai pas par quatre chemins, poursuivit le colonel. Nous avons besoin de votre expertise pour valider l'authenticité d'un manuscrit historique.

L'intérêt de Bruno s'éveilla. Son interlocuteur

---

[1] Du même auteur : Le Prisonnier de l'île aux pêcheurs.

connaissait-il sa passion pour les manuscrits anciens ? Il demanda des précisions :

— Une lettre ? Un livre ? De quelle époque ? De qui ?

— Vous le saurez quand vous aurez accepté la mission que nous souhaitons vous confier.

Une mission ! Bruno croyait rêver ou assister à une série télé des années soixante, lui qui en était friand. Pourquoi pas *Mission impossible* !

— Vous êtes sérieux ?

— Pourquoi croyez-vous que je sois venu vous rencontrer sur votre lieu de travail dans la plus grande discrétion ?

Les propos du colonel avaient seulement attisé la curiosité de Bruno en raison de son intérêt pour les manuscrits anciens, mais ne l'avaient pas convaincu du sérieux de son interlocuteur.

— Vous devez compter dans vos rangs des agents bien mieux qualifiés qu'un professeur d'université.

— Oui, naturellement, répliqua le colonel. L'un d'eux est déjà sur cette affaire. Mais aucun de nos hommes ne possède votre expertise historique et théologique. C'est pour cette raison que je fais appel à vous.

À cet instant, le colonel eut une pensée pour le capitaine Cédric Charlier qui avait payé de sa vie son ignorance de la culture latine. On l'avait retrouvé mort dans sa voiture sur une route de campagne. Il était ligoté et avait été asphyxié par les gaz d'échappement subtilement envoyés dans l'habitacle.

Comble de la provocation, ses assassins avaient

déposé à côté de lui un épais ouvrage pour le narguer pendant qu'il suffoquait.

F. GAFFIOT
Dictionnaire
LATIN FRANÇAIS

Cette fin tragique avait décidé le colonel à choisir cette fois-ci un vrai spécialiste. Il jugea toutefois inutile de raconter le dramatique évènement au professeur d'histoire.

— En quoi consiste cette « mission » ? demanda ce dernier.

— Je ne pourrai vous répondre que si vous l'acceptez.

— Alors, c'est non ! répliqua sèchement Bruno Martel en sortant et claquant la porte.

- 4 -

Dans la chambre de l'Ibis Gare de l'Est, la télé débitait sa kyrielle de spots publicitaires. Allongé sur le lit, Bruno n'y prêtait pas la moindre attention. Il s'était calé sur la chaîne qui rediffusait ce soir-là un épisode de *Bonanza*, série culte des années soixante qu'il ne se lassait jamais de regarder. Contrairement à son habitude, il ne montrait aucune impatience à voir apparaître le générique de début du feuilleton. Son esprit était ailleurs. Perturbé par le pessimisme de l'avocate, il tentait d'imaginer ce que serait l'avenir de Claire. La prison, c'était certain. Mais combien ? Deux ans, dix ans, vingt ans. Non, il refusait de le croire. Faute d'obtenir une visite, il avait espéré lui remonter le moral avec la lettre qu'il lui avait écrite. Malheureusement, maître Delpierre n'avait pas osé prendre le risque de la transmettre.

Que faire ? Retenter personnellement de voir le juge et se faire jeter comme les fois précédentes ? Attendre le procès ? Non, impossible ! En l'absence de solutions, les réflexions se chassaient les unes les autres.

Le générique de *Bonanza* apparut sur l'écran. L'épisode s'intitulait *Justice*. Il existe parfois des coïncidences…

Bruno s'obligea à suivre l'intrigue pour cesser de se morfondre en raison de son impuissance à modifier le cours des choses. Son attention décrocha à la première coupure de pub. Il tenta de se raisonner : ne plus penser à l'avenir de Claire. Ça ne servait à rien à part se faire du mal. Se focaliser sur les évènements secondaires de la journée et s'occuper différemment l'esprit : son ami Fabrice, Diane la secrétaire remplaçante ou le type qui s'était fait passer pour le doyen afin de le rencontrer. Sur ce dernier point, un doute subsistait : avait-il eu affaire à un vrai colonel ou à un psychopathe ? Comment l'individu le connaissait-il aussi bien ? Bruno avait tenté d'appeler Marc pour savoir s'il était à l'origine du rendez-vous, mais n'avait pas réussi à le joindre. Oh et puis après tout, quelle importance ?

À la suite des réflexions sur le colonel, Bruno visualisa l'image de la nouvelle secrétaire. Aucun rapport, mais c'était le seul moyen qu'il avait trouvé pour s'occuper l'esprit. Fabrice réussirait-il à la séduire ? Le collègue avait la drague un peu lourde, mais parvenait malgré tout le plus souvent à ses fins. Quelques mois plus tôt, Bruno aurait volontiers relevé le défi, d'autant que Diane était tout aussi sympathique que jolie.

Combat d'une autre époque pour les deux célibataires qui possédaient un tableau de chasse à effrayer les féministes. Mais pour Bruno, cette période était désormais révolue.

Quarante-huit minutes s'étaient écoulées. Le générique de fin de *Bonanza* défilait accompagné de son inoubliable musique. Le prof d'histoire coupa la télé et se leva.

Une brève toilette plus tard, Bruno ressortit de la salle de bain vêtu de son caleçon. Il se figea en reconnaissant le chauve aux lunettes à la monture dorée tranquillement assis sur une des chaises de la chambre.

— Bonsoir, monsieur Martel ! lui lança le colonel.

— Co… Comment êtes-vous entré ?

— Les portes d'un hôtel ne sont pas bien compliquées à ouvrir. Le plus délicat pour moi était de vous rencontrer sans que personne ne nous voie. Pour cela, je n'ai pas trouvé mieux que votre chambre. Je ne voulais pas attendre votre retour chez vous en Bretagne, alors comme je sais que vous avez l'habitude de séjourner dans cet hôtel quand vous êtes à Paris…

— Sortez immédiatement ou je préviens la police !

— Mais je suis la police, monsieur Martel.

Appeler la réception ? À cette heure-ci, il n'y avait plus personne. Quitter la chambre ?

— Et si je vous obtenais une visite au parloir à la prison de Rennes… poursuivit le colonel.

Il suspendit sa phrase et attendit la réaction.

— Vous voulez dire que… vous êtes capable de m'obtenir un droit de visite auprès de Claire ?

réagit Bruno, étonné.

— Oui. Enfin, ce sera compliqué et il faudra me laisser un peu de temps. Ce n'est pas à vous que j'apprendrai qu'en France les pouvoirs exécutif et judiciaire sont normalement indépendants.

Bruno s'était assis sur la seconde chaise.

— Pourquoi ne pas m'avoir fait cette proposition tout à l'heure ? demanda-t-il pour mieux comprendre.

— Parce que c'était ma dernière carte pour vous convaincre. Je ne voulais pas forcément l'utiliser. J'aurais préféré me dispenser de la sortir. Mais vous ne m'avez pas laissé le choix.

Le colonel marqua un silence avant d'enfoncer le clou.

— Nous avons vraiment besoin de vous, monsieur Martel.

Bruno était encore sous le coup de la surprise. Il commençait néanmoins à considérer son interlocuteur avec plus de sérieux. Ses neurones entrèrent en action. Pourquoi ne pas oser ? Il tenta :

— Je voudrais aussi que vous fassiez parvenir à Claire une lettre que j'ai écrite !

— C'est d'accord !

— … et aussi que vous mettiez fin à la détention provisoire à laquelle elle est contrainte dans l'attente de son procès !

— Ne me demandez pas l'impossible, monsieur Martel !

Paris – mardi 2 juin

Fabrice avait prétexté un souci avec son emploi du temps et sollicité la secrétaire remplaçante pour l'aider à trouver une solution. Depuis qu'il l'avait vue quand elle était arrivée pour remplacer Martine, Fabrice avait ressenti pour elle quelque chose d'intense. Il avait déjà séduit beaucoup de femmes. C'était un jeu avec la plupart, mais parfois certaines lui procuraient des émotions plus fortes. C'était le cas avec Diane. Alors tous les moyens étaient bons pour entretenir le contact.

— Je vous ai noté les horaires et les salles de vos collègues pour le créneau qui vous ennuie, conclut Diane. Je ne maîtrise pas encore bien le fonctionnement du département, mais personnellement, je ne vois pas où est le problème.

Effectivement, tout n'était que pure invention. Selon une tactique bien rodée, Fabrice s'était presque collé contre elle pour consulter l'écran et profitait de sa position dominante pour tenter de lorgner dans l'échancrure du chemisier. Pas de chance, à part celui du haut, tous les boutons étaient fermés.

Le prof enchaîna, sûr de lui :

– Merci Diane. Je t'expliquerai le fonctionnement de la maison. On pourrait déjeuner ensemble ce midi. Qu'en dis-tu ?

Il l'agaçait. Le genre de type qu'elle ne supportait pas. En plus, constatant la blondeur uniforme de la chevelure du professeur, elle était certaine qu'il se faisait teindre. Ce détail pourtant anodin lui rendait l'homme encore plus antipathique.

– J'ignorais que l'on se tutoyait, monsieur Ligier, rétorqua-t-elle. Quant au déjeuner, ce sera pour une autre fois ! J'ai beaucoup de travail.

Dans le dictionnaire de Fabrice Ligier, ça s'appelait prendre un deuxième râteau. Il n'insista pas, mais ne s'avoua toutefois pas vaincu. Il était venu à bout de plus coriaces et avait envie de cette femme. Ce n'était que partie remise !

Centre pénitentiaire de Rennes – le même jour 11 h

Comme chaque matin, la promenade solitaire avait débuté à dix heures et durerait une vingtaine de minutes. Au début de sa détention, Claire Lachard avait apprécié cette oxygénation quotidienne. La superficie de la cour grillagée ne dépassait pas quelques dizaines de mètres carrés. Mais respirer l'air du dehors, exposer son visage au soleil quand il était au rendez-vous et pratiquer un peu d'exercice physique donnait une fausse impression de liberté. Mais plus les semaines passaient, plus l'espoir s'amenuisait. Les demandes de libération conditionnelle avaient toutes été rejetées. Le régime d'isolement devenait insupportable. Claire trouvait inhumain qu'on lui refuse toute communication avec l'extérieur, même avec ses enfants. Comment pouvait-on imposer ça à une mère ? La vie n'avait plus de sens. Seule la foi lui permettait de tenir. Claire avait toujours été très croyante, alors elle priait et suppliait Dieu de l'aider.

Elle ne niait pas ses erreurs passées et les assumait. Mais les conditions d'isolement de sa détention provisoire attisaient en elle un sentiment d'injustice et de repentance vaine et inutile.

Elle effectuait les innombrables tours de cour en alternant mécaniquement marche et footing, plus occupée à ressasser, ruminer et regretter qu'à penser à son exercice physique. Puis la surveillante annonça que le moment était venu de rentrer. Claire Lachard obtempéra sagement comme d'habitude.

Le centre pénitentiaire des femmes de Rennes était de conception traditionnelle en nef. Les cellules, la plupart à deux places, se répartissaient sur plusieurs niveaux desservis par des coursives. Celle de Claire était la seule située à l'extrémité du bâtiment, à l'écart des autres en raison de son régime d'isolement. Elle en était bien évidemment l'unique occupante.

Quelques minutes plus tard, la détenue retrouvait ses quatre murs. Elle devrait tuer le temps jusqu'au soir avec le repas pour seul entracte. Elle attrapa le livre sur le dessus de la pile. Claire était privée d'ordinateur et d'Internet. Avec la télévision, la lecture était son seul passe-temps. Deux fois par semaine, elle avait accès à la bibliothèque de la prison pour se procurer des livres. Son choix se portait régulièrement sur une bible. Quand la durée d'emprunt était dépassée, elle la rendait pour la reprendre aussitôt. La lecture des textes sacrés l'aidait à tenir. Pour les autres ouvrages, elle s'en remettait au hasard et les lisait mécaniquement. Heureusement, l'intérêt arrivait parfois en cours de lecture. Le dernier était un polar. Auteur inconnu. Peu importe ! Elle l'avait commencé le matin même.

Coup de blues ! Elle n'avait pas la tête à lire. Elle jeta l'ouvrage sur la table et s'allongea sur son lit. Les idées noires l'envahirent une nouvelle fois. Tout le monde l'avait laissé tomber. Elle avait été assez naïve pour croire que la société lui aurait été reconnaissante d'avoir trahi les Soldats de la rédemption et sauvé des vies. Au contraire, à cause de son fichage S, on ne lui accordait aucune circonstance atténuante pour les crimes qu'elle avait commis pourtant en état de légitime défense. Finalement, elle était condamnée des deux côtés : par la société bien-pensante et par ses anciens amis de la secte qui lui pardonnaient ni sa trahison ni le meurtre d'un Commandeur[1]. Pourquoi avait-elle choisi cette voie ? Elle était consciente d'avoir été endoctrinée par les Soldats, et alors ? N'était-ce pas eux qui avaient guéri Emma trois ans plus tôt ?

À quoi bon regretter ? Désormais sa vie était foutue !

Elle eut une pensée pour ses enfants, puis une autre pour Bruno. Là aussi, le doute l'envahissait.

M'aime-t-il encore ? Plus aucune nouvelle de lui sauf quelques mots banals par l'avocate ! Ne commence-t-il pas déjà à m'oublier ?

Je ne veux plus rester en prison !

Elle se mit à pleurer.

---

[1] Un des plus hauts grades pour un membre des Soldats de la rédemption.

- 7 -

14 h

– Lachard ! Parloir !

Plusieurs secondes furent nécessaires à Claire pour réaliser la signification de ces propos.

– Allez ! On se dépêche ! renchérit la surveillante.

– Mais j'ai déjà vu mon avocate lundi.

– Ce n'est pas l'avocate.

– Je croyais que le juge m'avait interdit les visites.

– Moi aussi. Comme quoi, les temps changent ! Je me le suis même fait confirmer deux fois.

Qui pouvait bien l'attendre au parloir ? Bruno ? Ses parents ? Avec Maxence, Emma et Louise ? Non, elle ne voulait pas que ses enfants la voient en prison, pourtant, ils lui manquaient tellement !

Claire avança les mains en direction des menottes tendues par la surveillante. Compte tenu de son statut particulier, l'établissement pénitentiaire appliquait à la lettre le code de procédure pénale.

L'accès au parloir s'effectuait par un sas de sécurité. La surveillante en faction à l'entrée procéda à la fouille habituelle par palpation. Claire put alors pénétrer dans l'enceinte du lieu de visite.

Elle aperçut une femme rousse derrière la vitre. Elle ne la connaissait pas. Qui était-elle ? Que lui voulait-elle ? Comment avait-elle réussi à obtenir un parloir ?

La détenue s'installa face à la visiteuse assise de l'autre côté de la vitre. La femme avait un look bizarre. Outre ses cheveux roux très raides, elle portait des lunettes épaisses et était maquillée à outrance. Des artifices pour dissimuler son âge ? Cinquante ans ? Soixante ? L'allure jeune ne réussissait toutefois pas à masquer la réalité. Qu'importe ! pensa Claire. L'essentiel était de savoir pourquoi cette femme lui rendait visite.

— Bonjour madame Lachard, murmura la visiteuse d'une voix nasillarde à peine audible.

— Bonjour. Qui êtes-vous ?

— Avant d'écouter ce que j'ai à vous dire, je vous demande de mettre la main devant votre bouche et de garder un visage neutre pendant notre conversation, à cause des caméras.

Claire ignorait que tous les parloirs étaient équipés de systèmes de vidéosurveillance.

— Pour commencer, vous allez rendre à la bibliothèque le roman que vous êtes en train de lire, et demander à la place *Les Rêveries du promeneur solitaire* de Jean-Jacques Rousseau.

— Pourquoi ?

— Vous verrez bien le moment venu. Rien ne vous interdit de le lire en attendant.

— Mais qu'est-ce que tout cela signifie ? reprit Claire. Qu'est-ce que vous me voulez ?

– Vous faire sortir de prison ! C'est ce que vous souhaitez, non ? Faites attention à l'expression de votre visage et replacez la main devant votre bouche !

– Me faire sortir de prison ? Vous rêvez. Je suis en préventive à l'isolement à cause d'un juge qui me taxe de terrorisme. Toutes les demandes de liberté provisoire émises par mon avocate ont été rejetées. J'attends un procès qui aura lieu je ne sais quand et vous, vous m'annoncez que vous allez me faire sortir de prison !

– Chuuut ! Laissez-moi continuer !

À voix basse, la femme rousse lui indiqua qu'un recours avait été lancé par une procédure spéciale. Claire ne devait absolument pas en parler à son avocate. La visiteuse voulait d'abord s'assurer de la motivation de la détenue à sortir.

Claire écoutait ébahie, en s'astreignant toutefois à ne pas montrer son étonnement conformément aux consignes reçues. Elle n'était cependant pas naïve : l'opération envisagée s'apparentait plus à une évasion qu'à une libération.

Il y avait aussi une contrepartie.

– Voilà, je vous ai tout expliqué, conclut la visiteuse. Réfléchissez bien !

Paris — le même jour 22 h

Bruno descendit du taxi devant le Moulin Rouge. Il avait donné au chauffeur l'adresse du cabaret pour ne pas révéler sa véritable destination. Le prof d'histoire engagea une courte marche le long du boulevard de Clichy en direction de la place Pigalle. L'heure tardive et les mines patibulaires des individus qu'il croisait l'incitèrent, par réflexe, à serrer sa sacoche contre lui. Pourquoi ne s'était-il pas contenté de prendre son portefeuille dans sa poche ? Il se rassura tout en accélérant le pas. Le quartier était avant tout un piège à touristes et non pas un coupe-gorge. Comme pour le lui confirmer, il déclina l'offre racoleuse d'une jeune femme pour entrer et assister à un peep-show. Après dix minutes de marche, il s'engagea dans une petite rue perpendiculaire au boulevard et atteignit enfin sa destination.

La vitrine de la boutique était étroite et entièrement remplie de bambous artificiels éclairés par de la lumière rouge. Sous l'enseigne *Tantra Massage Institut*, une mention notée sur la porte invitait à sonner. Bruno s'exécuta.

La forme des yeux et le teint de l'hôtesse trahissaient ses origines asiatiques. Elle était pieds nus et simplement vêtue d'une courte tunique blanche qui incitait le client à se laisser porter par son imagination.

– Bonsoir Monsieur, et bienvenue dans notre institut ! Je m'appelle Sumalee et je suis à votre disposition. Quel massage désirez-vous ?

Elle lui tendit une fiche avec des termes enchanteurs et des tarifs. Certains prix étaient exorbitants, mais il fallait être naïf pour ne pas comprendre les prestations associées.

Bruno ravala sa salive avant de répondre :

– Le massage de la pluie et du soleil.

Sumalee fronça le peu de sourcils qu'elle possédait. Le nom ne figurait pas sur la carte. L'espace d'un instant, Bruno se demanda si la voluptueuse hôtesse le prendrait au sérieux.

Au contraire, Sumalee commença à défaire le premier bouton de sa tunique.

– Très bon choix Monsieur. C'est notre meilleur massage. Je vous prie de bien vouloir me suivre.

Sumalee entraîna Bruno dans l'arrière-boutique. Une première porte, puis une seconde avant de pénétrer dans une pièce sans fenêtre, sans doute la réserve de l'institut à en croire les piles de serviettes éponges ainsi que les flacons d'huiles essentielles qui embaumaient les lieux. Une table et trois chaises pliantes occupaient la presque totalité de l'espace restant.

Sans surprise, Bruno trouva le colonel qui l'attendait.

– Bonsoir monsieur Martel. Merci une nouvelle fois pour votre ponctualité ! Vous êtes bien venu en taxi ?

– Oui, j'ai appliqué vos consignes à la lettre. Je me suis fait déposer sur le boulevard. Mais d'abord, dites-moi quand je pourrai rendre visite à Claire !

– J'entends bien votre impatience. J'ai lancé plusieurs actions dans ce sens, mais en vingt-quatre heures, comprenez que je n'aie pas encore obtenu de résultat. Maintenant, parlons un peu de votre « mission ».

Est-il sincère ou se fiche-t-il de moi ? s'interrogea Bruno, plus exigeant que réaliste. Pour la libération conditionnelle que le colonel n'avait pas exclue, il comprenait, mais pas pour une simple visite.

Refuser d'aller plus loin avant d'avoir au moins vu Claire au parloir ? L'exigence était tentante, surtout s'ils avaient vraiment besoin de lui.

— Nous avons joué cartes sur table lors de ma visite dans votre chambre d'hôtel, reprit le colonel. Il faudra du temps. En revanche, pour ce que je vais vous expliquer, nous n'en avons pas. Une dernière fois : vous marchez avec nous ?

Bruno se sentait piégé. Répondre non et c'était couper le fil de l'espoir. Il se résigna :

— Oui !

— Très bien. À partir de cet instant, tout ce que je vais dire est du domaine secret-défense.

Le prof d'histoire écouta.

— Nous avons besoin de votre expertise théologique, de même que vos connaissances du latin et du grec ancien. Permettez que je me livre à un petit contrôle ?

— J'ai passé l'âge des concours et des examens, ironisa Bruno. Aujourd'hui, je les surveille et je les corrige !

— *Timeo Danaos et dona ferentes.*

— Virgile, *Énéide* chant 2.

— Vous pourriez me donner la traduction ?

— « Je crains les Grecs même quand ils apportent des cadeaux ». Version latine, classe de troisième, tout du moins à mon époque. De nos jours, le niveau a beaucoup baissé. Vous n'avez pas plus compliqué ?

— Ne plaisantez pas, monsieur Martel ! Un de mes hommes a perdu la vie en mission pour s'être fait piéger avec la traduction d'une phrase en latin.

– Je ne comprends pas. Pour le commun des mortels, rien d'anormal à ne pas connaître l'*Énéide*, même pour les gens de chez vous.

– Sauf que le capitaine en question s'était fait passer pour un expert latiniste.

Il y eut un silence avant que le colonel ne reprenne :

– Vous allez le remplacer, monsieur Martel. Sur ce point, vous ne mentirez pas puisque vous vous présenterez comme un spécialiste des religions, du latin et du grec. Personne ne pourra vous piéger dans ces domaines.

– Attendez, je ne suis ni espion ni policier. Et je ne veux pas me faire tuer en vous apportant mon aide. Vous m'avez seulement parlé d'authentifier un manuscrit.

– Ne vous inquiétez pas, vous travaillerez en équipe avec le capitaine Boldini qui vous protégera. Vous serez sous ses ordres et n'aurez aucune initiative à prendre. Lui transmettre un peu de votre savoir serait même une excellente chose. Vous resterez Bruno Martel, professeur d'histoire à la Sorbonne. Les risques sont ainsi limités.

Bruno releva l'utilisation du terme « limités » et non pas « absents » pour qualifier les risques. De son côté, le colonel ne voulait pas trop en dire. Distiller les informations, par sécurité ! Il devait toutefois parler à Martel de ses prochaines vacances :

– Vous connaissez le Sanctuaire de la Sainte-Baume en Provence ?

– Évidemment, répondit le professeur.

– Alors vous vous rendrez là-bas pour le week-end accompagné du capitaine Boldini. Vous lui apprendrez toute l'histoire de la Sainte-Baume.

– Mais, je travaille. Je donne une conférence dans trois jours.

– Ne vous inquiétez pas. Nous avons fait le nécessaire : votre conférence est reportée à la rentrée !

Le colonel en avait presque terminé. Il pria Bruno de l'attendre quelques instants et quitta la pièce.

Les minutes semblèrent longues au professeur d'université. Dans quelle histoire s'était-il fourré ? Tout cela pour Claire ! Mais sans aucune garantie !

- 10 -

La porte de l'arrière-boutique de l'institut de massage se rouvrit. Le colonel réapparut. Il était accompagné.

Bruno n'en crut pas ses yeux.

– Je ne vous présente pas le capitaine Boldini, annonça l'homme chauve avec un léger sourire. Vous vous connaissez déjà.

Diane, la nouvelle secrétaire du département d'Histoire ! Comment est-ce possible ?

La remplaçante de Martine avait abandonné ses lunettes. Elle portait une tenue plus décontractée qu'à la fac : un jean et un tee-shirt. Elle s'avança.

– Bonsoir monsieur Martel, ou Bruno devrais-je dire !

– Euh… oui bonsoir, répondit décontenancé le prof d'histoire. Vous… vous n'êtes pas secrétaire ?

Le colonel l'interrompit :

– Je vais vous laisser. Le capitaine Boldini va vous expliquer la situation, monsieur Martel. Je vous demande d'écouter ses propos avec le plus grand sérieux. Il y va désormais de votre vie.

Le ton avait changé. Une impression pour Bruno d'être pris dans une nasse.

En sortant de la pièce, le colonel ajouta :

— Vous quitterez le salon ensemble. Monsieur Martel, voici la version officielle : vous avez donné rendez-vous à votre secrétaire dans cet institut pour lui faire découvrir les joies du massage. Elle a été enchantée. Je vous souhaite une bonne soirée.

La porte se referma, laissant Bruno à ses interrogations qu'il reporta sur Diane.

— C'est du n'importe quoi ! lança-t-il agacé. Qu'est-ce que tout cela signifie ? Alors comme ça vous êtes flic ? Vous m'avez bien baladé depuis hier, vous et votre colonel !

— Ne vous énervez pas ! Je vais tout vous expliquer. Mais pour cela, nous allons sortir et aller jusqu'à ma voiture. Ne parlez pas le temps du trajet sur le trottoir ! Il est possible que quelqu'un vous suive déjà. Je vous raccompagne à votre hôtel où je vous en dirai davantage.

Diane regarda sa montre. Vingt-trois heures trente. Quarante-cinq minutes de massage, c'était cohérent. Ils pouvaient quitter l'institut.

Une demi-heure plus tard, le professeur et la secrétaire étaient arrivés à l'hôtel Ibis. Dans la chambre, Diane retourna une chaise et s'installa bras croisés appuyés sur le dossier. Elle invita Bruno à s'asseoir à son tour pour écouter les explications tant attendues :

— Un riche collectionneur vous a missionné pour authentifier un manuscrit d'une valeur inestimable qu'il souhaite acquérir. Le vendeur a fait monter les enchères en proposant ce trésor à d'autres. Mais votre commanditaire a fait la meilleure offre. Tout cela s'est passé sur un marché clandestin.

— Mais comment ça ? Qui est ce collectionneur ? Personne ne m'a contacté.

— Si ! Ça fait partie du rôle que vous devez jouer. Nous allons prochainement être invités à la présentation du précieux manuscrit.

— Comment ça « nous » ?

— Parce que je serai avec vous.

— À quel titre ?

— Au titre de votre maîtresse du moment ! répondit Diane avec le plus grand sérieux.

— Mais… mais… je n'ai aucune intention de coucher avec vous ! se défendit Bruno.

— Soyez rassuré, moi non plus ! Laissez-moi continuer ! Je vous explique notre situation « officielle » : à la Sorbonne, vous avez séduit la remplaçante de Martine. Et oui, je n'ai pas su résister à votre charme. Vous m'avez emmenée tester quelques massages coquins. J'ai beaucoup apprécié. Vous m'avez proposé un dernier verre à votre hôtel. Et là, en ce moment, nous faisons l'amour.

Bruno accusa le coup. Heureusement qu'il y avait les contreparties concernant Claire, sinon il aurait tout envoyé promener.

Diane poursuivit :

— C'est la seule solution crédible que nous avons trouvée pour que je sois tout le temps présente à vos côtés. Je dois assurer votre sécurité et celle du manuscrit quand vous l'aurez récupéré et authentifié. La précédente tentative d'infiltration était classique et a coûté la vie à l'un des nôtres. Nous avons en face de nous des gens très forts et très bien organisés.

— Qui sont-ils ? demanda Bruno remis de sa surprise.

— Je n'ai pas le droit de vous le dire. Idem pour votre richissime commanditaire. Vous aurez assez à faire avec le manuscrit. Pour le reste, moins vous en savez, mieux c'est. Je reviens à nous deux. Puisque nous sommes censés coucher ensemble, à partir de maintenant nous nous tutoyons et nous échangeons un minimum de gestes tendres. Surtout demain à la fac où nous nous afficherons ensemble. Ensuite, « tu » m'emmènes passer quelques jours en Provence pour une escapade amoureuse et culturelle. Ça « te » va ?

Même si ça ne lui allait pas, Bruno ne savait pas quoi dire. Il s'arrêta seulement sur un point de détail :

— Hier, j'ai dit à Fabrice que vous… pardon que « tu » ne m'intéressais pas. S'il nous voit ensemble demain, il va faire une drôle de tête !

Diane rigola.

— Sans parler de la façon dont je l'ai remis en place ce matin. Bon, tu trouveras bien une explication. Le coup de foudre, ça existe, non ?

Elle en resta là. Inutile de lui avouer qu'elle n'aurait pas été opposée à pousser le jeu de rôle un peu plus loin. Le prof d'histoire au caractère apparemment réservé et aux tempes grisonnantes ne la laissait pas indifférente.

- 11 -

Claire était de retour de la bibliothèque. Elle avait trouvé sans problème *Les Rêveries du promeneur solitaire* qui figurait bien au catalogue parmi les ouvrages des philosophes. Et il était disponible. Rien d'étonnant, les détenus ne se bousculaient pas pour emprunter ce genre de livre.

Elle le feuilleta rapidement sans éprouver la moindre envie de le découvrir. Elle le rangea donc sur le rayonnage à côté des autres livres empruntés. À la place, elle prit sa bible, ressentant le besoin d'en lire un passage comme cela lui arrivait souvent.

Contrairement à l'habitude, cette lecture ne la rasséréna pas. Elle avait l'esprit trop encombré pour se concentrer.

Elle s'interrogeait sur la proposition de l'énigmatique visiteuse. Elle rêvait en se voyant dehors, serrant ses enfants dans ses bras, sans oublier Bruno, bien sûr. Mais quelle était cette procédure spéciale pour la faire sortir de prison, alors que tous les recours avaient été utilisés ? Claire n'était pas dupe : ce rêve se payait par un plongeon dans l'illégalité. L'autre solution : attendre le jugement, puis, comme c'était prévisible, se retrouver enfermée derrière les barreaux pendant dix, quinze, vingt ans. Quel serait l'âge de Maxence, d'Emma et de Louise quand elle sortirait de prison ?

Le choix aurait pu sembler évident, mais Claire n'était pas naïve. En cas d'échec avec la première option, elle se retrouverait de nouveau en prison mais cette fois pour bien plus longtemps.

Il y avait toujours une troisième possibilité. Celle à laquelle elle pensait sérieusement depuis quelque temps : en finir avec la vie ! Son âme serait libérée de son corps. Elle verrait tous les jours ses enfants depuis le Ciel. N'était-ce pas la solution qu'elle devait choisir ?

Centre pénitentiaire de Rennes – jeudi 4 juin 14 h

– Lachard ! Parloir !

Déjà, pensa Claire. Elle n'avait pas imaginé que la rousse puisse revenir si vite.

– Allez ! Plus vite ! Sinon tu vas passer ton tour ! renchérit la surveillante.

Claire n'avait pas l'habitude du parloir. Le temps était limité, les places aussi. D'autres attendaient pour les visites.

Arrivée à destination, elle retrouva sans surprise la rousse assise de l'autre côté de la vitre. Les mêmes lunettes épaisses, le même maquillage outrancier.

– Avez-vous trouvé le livre à la bibliothèque ?

Elle imita son interlocutrice en mettant la main sur la bouche.

– Oui, hier. Mais je vais être franche, je ne l'ai pas encore lu.

– Ce n'est pas grave. Pour le reste, avez-vous réfléchi ?

Bien sûr qu'elle avait réfléchi. Deux nuits qu'elle n'en dormait pas. La lecture de la Bible lui tenait lieu de sommeil. Comme à l'époque où... De toute façon, elle avait déjà prévu de quitter cette prison, certes d'une autre façon. Sa décision était prise.

– Oui. Je suis d'accord. À une condition : dès que je serai sortie, je veux serrer mes enfants dans mes bras.

La rousse hésita. Elle n'avait pas de consigne pour un délai aussi rapide. Elle réfléchit. Ce n'était sûrement pas impossible. Juste le temps de s'organiser. De toute façon, que risquait-elle à répondre oui ?

– C'est d'accord pour vos enfants !

Le visage de Claire s'illumina.

– Ne souriez pas ! ordonna sèchement la visiteuse.

Bien sûr, elle avait raison. Claire reprit un air neutre. Et la femme rousse de poursuivre de sa voix nasillarde :

– Maintenant, écoutez-moi bien parce que je ne reviendrai plus !

- 13 -

Massif de la Sainte Baume – samedi 6 juin 14 h

Bizarrement, Bruno avait l'impression d'être parti en vacances. Après une pause-déjeuner sur l'aire de repos de Lançon, la Renault Mégane de Diane avait quitté l'autoroute par la sortie 33, un peu après Aix-en-Provence. La jeune femme conduisait depuis Paris, ses lunettes sur le nez pour bien voir la route. Bruno lui avait proposé de la remplacer au volant à mi-parcours mais elle avait refusé. De toute façon, les règles étaient claires, c'était elle qui s'occupait et décidait de tout. Tant que le sujet ne traitait pas de théologie ou d'histoire, Bruno devait se contenter de suivre… et de payer les factures. Il serait remboursé, lui avait annoncé Diane. Elle était invitée. Officiellement, le professeur entraînait la secrétaire remplaçante dans une escapade amoureuse. Cela faisait partie du jeu de rôle. Pour un témoin, il aurait été suspect de voir la jeune femme être la seule à sortir son porte-monnaie ou sa carte bancaire.

Sur ce dernier point, Bruno n'était pas convaincu qu'on puisse déjà les espionner, surtout lors d'une pause sur une aire d'autoroute décidée au dernier moment. Mais Diane ne voulait prendre aucun

54

risque et envisageait cette éventualité.

Le couple s'affichait décontracté. Bruno portait un polo gris et un pantalon de toile, Diane un jean et un tee-shirt, tenue qu'elle affectionnait.

Le long trajet depuis Paris avait permis au prof et à la fausse secrétaire de faire plus ample connaissance. Même si Diane était restée secrète sur de nombreux sujets, profession oblige, elle s'était toutefois dévoilée sur d'autres, plus anodins. Au travers de cet échange, une sympathie s'était rapidement installée entre les deux passagers de la Mégane.

Ils arrivèrent à l'Hostellerie de la Sainte Baume vers quatorze heures. La vieille bâtisse était située au pied du massif éponyme. L'établissement, tenu par des frères dominicains, n'était pas un hôtel classique, mais plutôt une maison religieuse qui ouvrait ses portes aussi bien aux touristes qu'aux pèlerins. L'endroit était un peu spartiate, mais possédait l'avantage d'être l'hébergement le plus proche de la destination du couple : le sanctuaire de la Sainte Baume.

À l'accueil, la femme aux cheveux gris trouva sans problème la réservation des deux arrivants et leur remit la clé de la chambre. Dans le rôle de l'homme galant, Bruno s'était astreint à porter les deux sacs de voyage. Le couple gagna le premier étage et parcourut le couloir sombre et étroit. Arrivée au numéro 17, Diane glissa la clé dans la serrure. La porte s'ouvrit sur une petite chambre simplement meublée d'un grand lit et de deux chevets.

— Il n'y a qu'un…

Diane posa la main sur les lèvres de Bruno pour l'interrompre avant qu'il ne termine sa phrase.

— Chut ! Tais-toi, le temps que je vérifie quelque chose, murmura-t-elle.

Elle ferma les rideaux de la fenêtre démunie de volets avant d'appuyer sur l'interrupteur. Bruno l'observa alors inspecter la chambre. Elle promenait jusque dans les moindres recoins de la pièce un flacon de parfum sorti de son sac et qu'elle serrait dans sa main.

Un détecteur dissimulé dans le flacon ! Immersion totale dans *Mission impossible*, pensa Bruno, médusé.

— C'est bon, conclut-elle en rangeant la petite bouteille. On peut se parler. Il n'y a pas de micro espion. Alors tu disais ?

Bruno reprit sa phrase et la termina :

— Il n'y a qu'un lit !

— Il n'est pas assez grand ? répliqua Diane avec une pointe d'humour.

— Mais c'est que…

— Beaucoup d'hommes aimeraient passer la nuit dans le même lit que moi, poursuivit-elle en plaisantant avant de reprendre plus sérieusement. Réserver une chambre à deux lits n'aurait pas été crédible.

— Tu as sans doute raison. J'ai du mal à entrer pleinement dans mon rôle.

Le tutoiement était toutefois désormais bien installé.

— Mais sois rassuré, nous dormirons côte à côte, c'est tout ! continua Diane sans ambiguïté.

Situation insensée ! Quelques mois auparavant, Bruno aurait saisi cette opportunité au vol. Une jolie fille qui lui tombait dans les bras… dans le lit, même ! Il lui eût été si facile de sortir les armes de la séduction rodée par des années de conquêtes féminines. D'autant que, fort de son expérience, Bruno avait su jauger la jeune femme. Avec quelques actes bien calculés, il était sûr que Diane se serait laissé aller à une liaison sans lendemain. Le jeu de rôle poussé à son paroxysme !

Seulement, le professeur d'histoire n'était plus dans le même état d'esprit que six mois auparavant. Claire était entrée dans sa vie et il l'aimait. Pourtant, une aventure avec Diane n'y aurait rien changé, alors pourquoi ne pas prendre un peu de plaisir ? Une volonté de fidélité ? Non, Claire et lui ne s'étaient rien promis l'un à l'autre.

Tout était allé si vite. L'arrestation, la prison et l'absence de nouvelles.

Bruno observa Diane. Elle était belle et séduisante. Encore plus maintenant, sans ses lunettes qu'elle venait de quitter. Pourtant, il ne la désirait pas. Lui-même avait du mal à l'admettre.

Sans savoir pourquoi, il se mit à penser à Fabrice. La veille, son collègue l'avait vu en compagnie de Diane afficher des signes sans ambiguïté, conformément au plan de la mission. Fabrice l'avait traité d'hypocrite. Ah, si son ami avait su ! S'il avait été à sa place à l'Hostellerie, il aurait sans aucun doute profité de la situation.

Chacun déballa les affaires de son sac de voyage. Diane tendit un stylo à Bruno.

— Tiens ! Mets-le dans une poche.

— Un cadeau ? interrogea Bruno.

— Si l'on veut. Mais rien à voir avec notre nouvelle intimité ! Ce stylo contient un émetteur pour te localiser en cas de besoin.

— Je n'aime pas trop ça. C'est mon côté enseignant rebelle.

— Il faut tout envisager. Si pour une raison indépendante de notre volonté, nous sommes séparés, je dois savoir où tu te trouves.

Finalement, il sourit en mettant le stylo dans sa poche :

— D'accord. Mais j'aurais préféré un simple cadeau.

— Eh bien prends-le comme cela. Ça me fait plaisir de te l'offrir.

Elle sourit à son tour.

Chacun s'équipa ensuite pour se rendre jusqu'au sanctuaire dont l'accès par le chemin forestier nécessitait près d'une heure de marche.

Diane ressortit de la salle de bain, chaussée de tennis et vêtue d'un short et d'un tee-shirt.

— Tu es croyante ? lança Bruno à la jeune femme.

— Je trouve la question indiscrète, mais je vais te répondre : non. Maintenant, je peux savoir pourquoi tu m'as demandé ça ?

– Excuse-moi, ma question était déplacée ! En réalité, je pense que ton short n'est pas la meilleure tenue pour aller visiter un sanctuaire. Tu risques d'une part d'attirer les regards et d'autre part de te voir interdire l'entrée de la chapelle.

Diane marqua un temps et sourit.

– Bravo, cher collègue ! J'avoue ne pas y avoir prêté attention. J'ai seulement choisi une tenue pour être à l'aise pour marcher en montagne. On fait une sacrée équipe tous les deux !

– Chacun son domaine, mais d'accord avec toi. On se complète bien.

Un aller-retour par la salle de bains et Diane réapparut avec un jean classique incontestablement plus discret que le short.

14

Le chemin des Roys serpentait au milieu des chênes, des frênes et des érables. Cette voie, vieille de plus de sept cents ans, devait son nom aux nombreux souverains qui l'avaient empruntée : Louis XI, François 1er, Louis XIII et Louis XIV. Même le pape Clément V figurait parmi les personnalités passées par ce chemin pour rejoindre la grotte et se recueillir auprès des reliques de Marie-Madeleine.

Diane et Bruno marchaient côte à côte. La jeune femme écoutait attentivement l'histoire des lieux racontée par le professeur.

Selon les évangiles, Marie Madeleine, disciple de Jésus jusqu'à ses derniers jours, aurait assisté à sa résurrection. Ensuite, lors des premières persécutions contre les chrétiens, elle aurait fui la Judée par la mer. Portée par les courants, l'embarcation l'aurait conduite jusqu'en Provence. Elle aurait accosté à un endroit appelé aujourd'hui Les Saintes-Maries-de-la-Mer.

Avec ses compagnons, Marie Madeleine avait évangélisé la Provence. Puis après une période de nombreux prêches, elle s'était retirée dans une grotte pour s'adonner à la prière et à la contemplation dans une totale solitude.

— C'est cette grotte désormais sanctifiée et transformée en chapelle que tu vas découvrir en haut du chemin, poursuivit Bruno.

Le prof d'histoire avait l'impression de dispenser un cours particulier à l'une de ses étudiantes. Diane questionna, réclama des détails que Bruno, porté par sa passion, lui fournit avec enthousiasme.

Cinquante minutes plus tard, ils atteignaient leur but. Le chemin se terminait par un long escalier qui menait jusqu'au parvis de la chapelle.

Le tableau était insolite. La façade de l'édifice religieux semblait encastrée dans le rocher de la montagne. Le couple se préparait à gravir les quelques marches pour pénétrer dans la grotte, quand Diane murmura à Bruno.

— Je veux observer les gens autour de nous. Prends-moi en photo devant la chapelle, en faisant un peu durer.

Elle s'élança jusqu'au sommet des escaliers et prit la pose. Bruno sortit le téléphone de sa poche et s'appliqua à la cadrer avec lenteur. Il en rajouta même pour faire durer :

— Tu devrais retirer tes lunettes. Tu es beaucoup plus jolie sans.

La dernière phrase lui avait échappé, il regretta de l'avoir prononcée, même s'il était sincère.

— Merci de raviver mon complexe de myopie, répliqua Diane avec humour.

Tout en parlant, elle balayait lentement du regard toutes les personnes présentes sur le parvis. Bruno était convaincu que l'évocation de la myopie n'était qu'un moyen de faire durer. Diane n'était pas le genre de femme à être complexée par quoi que ce soit !

De derrière ses lunettes, elle fixa quelques secondes le grand barbu qu'elle avait déjà repéré à l'hôtel. Elle s'intéressa aussi à la petite blonde sans âge qui dévisageait Bruno en train de prendre la photo. Les deux individus étaient peut-être seulement de simples touristes, mais Diane devait envisager toutes les hypothèses.

— Alors ? demanda Bruno qui l'avait rejointe devant la chapelle.

— Chut ! Je te raconterai ce soir. En attendant, sois tendre ! Prends-moi la main. Je te rappelle que nous sommes amants.

Il s'exécuta et lui attrapa la main. Elle lui offrit un baiser sur le coin de la bouche en retour.

Étrange situation ! Bruno s'interrogea un instant. Et si la recherche de personnes suspectes n'était qu'un prétexte ?

Ils se lâchèrent la main pour pénétrer dans la chapelle.

Diane perçut l'odeur froide et humide que l'on rencontre souvent dans les églises. Elle lui rappela son enfance, lorsque sa mère la traînait dans les visites de cathédrales, basiliques et autres édifices sacrés. Elle ne se souvenait pas avoir remis les pieds dans un lieu de culte depuis cette époque. Par réaction sans doute.

Impressionnant, le nombre d'autels, de bougies, de statues, de reliquaires. Diane se sentait dépassée par tout ça.

Bruno se mit en devoir de commenter le décor ornant le socle du reliquaire censé contenir le tibia de Marie-Madeleine. Il représentait la sainte pécheresse et ses compagnons dans l'embarcation qui les avait amenés de Palestine en Provence. À l'avant du bateau, un personnage entouré de bandelettes, comme une momie.

— Ce serait le corps du Christ que Marie-Madeleine aurait emmené avec elle, expliqua Bruno. Il s'agit bien entendu d'une légende. Mais elle fait rêver. Le tombeau du Christ en Provence. Tu te rends compte ?

Non, Diane ne se rendait pas compte. Pour elle, le tombeau du Christ dans le Midi de la France ou à Jérusalem, quelle différence ?

Tout en écoutant Bruno, elle continuait d'observer autour d'eux. Le grand barbu avait disparu et la blonde sans âge accompagnait un groupe. Fausse alerte, elle était une simple guide. Pas de nouveaux individus potentiellement suspects !

Mais pourquoi personne n'était encore entré en contact avec Bruno ?

15

Le même jour 20 h 30

Après un dîner rapide pris dans la salle à manger de l'Hostellerie, le couple regagna sa chambre.

— En l'absence de télé et d'activités nocturnes dans les parages, je ne vois pas d'autre chose à faire que de se mettre au lit, annonça Diane en rangeant ses lunettes dans leur étui.

Faute d'avoir mieux à proposer, Bruno acquiesça.

Ils occupèrent la salle de bain à tour de rôle, puis se glissèrent sous les draps. Bruno perçut l'agréable senteur du parfum féminin qui, en d'autres temps, lui aurait éveillé les sens.

Sans se concerter, ils installèrent entre eux la distance que leur permettait la largeur du matelas.

Expérience inédite ! Côte à côte dans le lit, sans se toucher, comme un vieux couple blasé. Chacun vêtu d'une tenue de nuit n'appelant à aucune provocation. Lui un tee-shirt et un caleçon, elle un pyjashort.

Bruno lança la conversation :
— Peux-tu enfin me dire ce que nous sommes

venus faire ici, à part te donner un cours d'histoire sur Marie-Madeleine ?

– J'espère que notre séjour ne se résumera pas à cela, car je t'avoue que normalement quelqu'un aurait déjà dû entrer en contact avec toi. Pourvu que notre mystification n'ait pas été découverte.

– Qui aurait dû me contacter ? Qui est derrière tout ça ? Explique-moi ! Ça devient pénible de ne pas savoir à quoi je sers exactement !

– Bon d'accord ! J'avais ordre d'attendre jusqu'à ce soir pour t'en apprendre davantage. Alors le moment est venu, même s'ils ne t'ont pas encore contacté. Nous ignorons qui se cache derrière tout ça. Un individu, une organisation, des truands, une secte ou peut-être seulement un plaisantin. En tout cas, l'Église catholique prend le sujet tellement au sérieux que le Vatican a convaincu nos dirigeants d'intervenir.

Elle marqua une pause pour lui laisser le temps de digérer cette époustouflante révélation et aussi pour réfléchir. Jusqu'où pouvait-elle lui détailler la mission ? Oh après tout, autant qu'il en connaisse l'intégralité ! Ça simplifierait les choses.

– Il se fait appeler l'Apostolique. Il est vendeur d'un manuscrit très ancien. De notre côté, comme je te l'ai déjà expliqué, tu es officiellement mandaté par un richissime collectionneur pour établir l'authenticité du manuscrit avant son acquisition. Cet acheteur n'existe pas, c'est une pure invention de nos services. Après validation, tu participeras à la transaction et rapporteras le précieux document. Je te signale que les enchères ont dépassé les deux millions d'euros. Le paiement s'effectuera en bitcoins[1].

Rien que ça ! pensa Bruno subjugué. Il se demandait bien quel manuscrit pouvait atteindre une telle valeur marchande.

Diane poursuivit les explications. Le mystérieux vendeur n'était pas à sous-estimer. La première tentative d'achat avait déjà coûté la vie à un collègue. Il avait tout fallu recommencer à zéro.

Pour se porter candidat à l'acquisition du manuscrit, le contact avait été établi sur le darknet[2]. Le professeur d'histoire, Bruno Martel, avait été déclaré comme l'interlocuteur de l'acheteur. L'Apostolique avait validé la candidature et fait savoir qu'un premier contact aurait lieu à la Sainte-Baume. Martel devait s'y rendre au plus tôt. On en était là.

– Voilà ! Tu connais maintenant le pourquoi de nos « vacances » à la Sainte-Baume, conclut Diane. Nous devons attendre que l'Apostolique se manifeste auprès de toi.

– Et ça va durer longtemps ?

– Je n'en ai aucune idée. Je pensais qu'il te contacterait aujourd'hui lors de notre visite à la grotte. Je me suis trompée.

Elle compléta ses explications par quelques détails. Désormais, il savait presque tout.

– Ça me paraît un peu plus dangereux que ce que ton colonel m'a laissé entendre, commenta

---

[1] Cryptomonnaie utilisée sur Internet.
[2] Réseau Internet parallèle clandestin, support de nombreux trafics illicites.

Bruno.

— Sans vouloir le défendre, il n'avait pas trop le choix. Il fallait que tu acceptes.

— Peux-tu me dire quand j'aurai des nouvelles de Claire ? Je te rappelle que j'ai accepté de vous aider uniquement pour la revoir. Le reste je m'en fous complètement.

— Merci pour moi !

— Excuse-moi ! Je voulais parler de l'Apostolique, du pape, de la transaction…

Elle avait bien compris et avait seulement cherché à plaisanter.

— Le colonel possède ses entrées au ministère de la Justice, reprit-elle plus sérieusement. Mais tu as mis la barre assez haut, alors laisse-lui un peu de temps !

— Mouais…

Diane l'observa faire la moue. Il n'avait pas tort de se montrer dubitatif. Le rétablissement des droits de visite passe encore, mais rendre la liberté, même conditionnelle, à Claire Lachard, elle ne voyait pas comment le colonel y parviendrait.

Diane s'interrogeait. Pourquoi l'homme allongé à côté d'elle ne correspondait-il pas au Bruno Martel du dossier qu'elle avait longuement étudié en début de mission ? Elle ne le regrettait pas car il était beaucoup plus sympathique qu'elle ne l'avait imaginé. Elle voulut comprendre les raisons de ce décalage avec la réalité :

— Tu aimes Claire Lachard ? Pourtant ton dossier te présente comme un homme sans attache.

– Je vois que ma vie privée n'a pas de secret pour toi.

– Oui, je l'avoue. J'ai dû apprendre dans le détail qui tu étais. Par souci de sécurité avant de te valider. Mais excuse ma question ! Tu n'es pas obligé de me répondre.

– Si, je vais le faire. Comme ça tu comprendras mieux. Avec Claire, c'est une longue histoire. Nous étions amis au lycée. Des amis très intimes qui échangeaient leurs confidences. Ça va sans doute te paraître bizarre, mais nous n'avons jamais flirté. Puis Claire a disparu de ma vie. Je l'ai revue à Paris l'espace d'une journée il y a dix ans. Et puis on s'est retrouvé en mars dernier dans les circonstances dramatiques que tu sais. Je pense l'avoir aidée à se sortir de son intégrisme religieux.

Il marqua une pause en se remémorant la passion qui les avait emportés, puis il poursuivit :

– Je crois que je l'ai toujours aimée. Pendant des années, je me suis refusé à l'admettre.

– Et elle, elle t'aime ?

– Oui, répondit-il sans hésiter.

Il était touchant, en raison du ton et de l'émotion. Diane avait l'impression d'avoir à côté d'elle un adolescent amoureux. Tout le contraire de l'après-midi où l'image du professeur en imposait par son charisme et son savoir.

Bruno prit conscience de son état. Il se remonta sur l'oreiller pour reprendre de l'ascendant.

– Tu me parles d'un dossier me concernant, comme si j'étais un délinquant, c'est inadmissible.

– Pas du tout ! C'est la règle. On doit connaître parfaitement les gens avec qui on va travailler.

– Je peux savoir ce que contient mon dossier ? s'enquit-il. Surtout ce qui relève de ma vie privée.

– Non. Secret défense.

Elle aurait pu lui livrer les destinations de ses précédentes vacances ainsi que les noms et prénoms des femmes qu'il avait séduites ces dernières années, mais c'était enfreindre le règlement.

Elle n'avait pas besoin d'en dire davantage, il devina qu'elle devait connaître beaucoup de choses sur lui. Pour rééquilibrer, il lui posa un large éventail de questions. Sauf pour celles qui touchaient le domaine professionnel, Diane répondit à toutes, même les plus indiscrètes. Elle ne fit aucun secret de son âge, de ses goûts, de ses loisirs. Sans surprise, elle avoua être célibataire. En effet, Bruno imaginait parfaitement que dans ce genre de métier à risque, mieux valait ne pas avoir d'attache.

Diane réalisa que c'était la première fois qu'elle se retrouvait dans un lit avec un homme sans une once de sexualité. Peut-être était-ce pour cela qu'elle se sentait bien avec lui !

Depuis le cours de théologie de l'après-midi, une question brûlait les lèvres de Bruno :

– Tu m'as dit hier que tu n'étais pas croyante. Alors pourquoi, quand je t'ai expliqué les Évangiles, les symboles religieux et raconté l'histoire de Marie-Madeleine, étais-tu aussi attentive que la plus assidue de mes étudiantes ?

— Simplement parce que j'aime comprendre et aller au bout des choses. Et puis, tu racontes tellement bien.

Il apprécia le compliment au passage.

— Par contre, poursuivit-elle, bien que je sois baptisée, tu ne trouveras pas plus athée que moi, mais j'ai des comptes à régler avec Dieu.

Dans sa logique cartésienne, Bruno releva l'incohérence des propos. Pour une athée, Dieu n'existait pas, alors Diane ne pouvait pas avoir de comptes à régler avec Lui. Il ne voulut pas la vexer par cette réflexion désobligeante. Il en oublia de demander le pourquoi.

De toute façon, elle n'aurait pas répondu. Diane était décomplexée, capable de se livrer intimement… sauf sur ce point. Et puis, elle avait déjà beaucoup parlé. La sympathie qu'elle portait à son « partenaire » ne devait pas lui faire oublier une prudence élémentaire. Plus d'une heure qu'ils discutaient.

Elle coupa court par une plaisanterie comme elle savait si bien faire :

— Je te préviens avant d'éteindre : ne sois pas étonné, je parle en dormant !

— Confidence pour confidence, moi, il paraît que je ronfle.

Ils rirent sincèrement, se souhaitèrent une bonne nuit, puis Diane éteignit la lumière au-dessus de la tête de lit.

- 16 -

Le lendemain – dimanche 7 juin

Diane sortit la première de son sommeil. Pendant la nuit, leurs deux corps s'étaient rapprochés. Elle sentit la main de Bruno contre sa hanche. Délicatement, elle s'écarta pour rétablir la distance pudique de la veille au soir. Malgré les précautions, le geste réveilla le prof d'histoire.

Il marqua un temps avant de retrouver le contexte de la réalité.

— Bien dormi ? demanda Diane.

— Euh, oui. Et toi ?

— Comme un loir. Je ne t'ai même pas entendu ronfler.

Bruno attrapa son téléphone sur le chevet.

— Hein ? Six heures et demie, seulement ?

— Ça t'étonne ? On s'est couchés comme les poules hier soir.

Désormais complètement réveillé, Bruno demanda le programme de la journée.

— On va commencer par un bon petit-déj. Pour la suite, je t'avoue qu'on dépend d'eux. Je suis certaine qu'ils nous ont bien repérés. Peut-être qu'ils nous testent, qu'ils veulent s'assurer que tu es bien l'envoyé de l'acheteur, qu'il n'y a pas de piège, qu'on est bien un vrai couple. Ma présence doit être naturelle. Donc, aujourd'hui, on se montre. On passe du temps à la terrasse, au départ des sentiers de randonnée, partout où il y a du monde. Si besoin, on remonte à la grotte. On parle beaucoup. Toi de ton boulot. Tu m'inondes d'histoire des religions. En même temps, tu continues à me séduire et moi je suis sous le charme. Pour la suite, il faut que ça semble normal que je reste avec toi.

— Quelle suite ? demanda Bruno, surpris.

— Tu n'imagines pas qu'ils vont sortir le manuscrit sur la terrasse. Tu vas certainement être invité à te rendre dans un autre lieu pour consulter le précieux document. On devra trouver une raison crédible pour que je t'accompagne ! Mais chaque chose en son temps.

Elle sauta du lit. Ébahi, Bruno la regarda s'allonger à plat ventre sur le carrelage et entamer une série de pompes. Elle compléta ensuite l'exercice en se retournant pour effectuer une vingtaine d'abdos.

— Tu fais ça tous les matins en te levant ?

— Oui, sauf qu'aujourd'hui, c'est programme court. Tu devrais en faire autant. Rien de tel pour entretenir la forme !

Une demi-heure plus tard, ils étaient prêts pour le petit déjeuner. Elle attrapa ses affreuses lunettes et se les ajusta sur le nez. Bruno fit la grimace. Elle comprit immédiatement et répliqua par une plaisanterie :

– Si je ne les mets pas pour descendre au petit-déj j'ai besoin d'un chien ou d'une canne blanche.

À huit heures, malgré la fraîcheur de l'air matinal, ils étaient installés en extérieur au rez-de-chaussée devant l'Hostellerie. Ils avaient pris soin de rejoindre la terrasse en se tenant par la main et s'étaient offert un tendre baiser sur les lèvres avant de s'asseoir.

Des gestes artificiels, mais exécutés avec de plus en plus de naturel. Bruno n'était plus gêné par ce jeu insolite. Finalement cette escapade à la James Bond lui faisait le plus grand bien au moral, même si Claire continuait à occuper son esprit.

Diane, quant à elle, semblait prendre goût au jeu de rôle :

– Mon amour, peux-tu beurrer mes tartines ?

Bruno retint un éclat de rire. Il ne fallait pas. Peut-être les observait-on ? Il répondit par un simple « mais oui, bien sûr ma chérie ».

Pendant qu'il étalait le beurre sur les tranches de pain grillé, une femme s'approcha de la table. Elle était blonde et portait un sac à dos sur les épaules. Diane reconnut immédiatement la guide aperçue la veille près de la grotte.

– Bonjour messieurs-dames, je vous propose une découverte de la Sainte-Baume avec la visite du sanctuaire, annonça-t-elle en déposant un dépliant sur la table.

– Merci, répondit Diane. Mais nous ne sommes pas intéressés. Nous connaissons déjà.

La guide ignora l'objection et s'adressa à Bruno :

— Je suis la personne avec qui vous avez rendez-vous. Je suis chargée de vous conduire à une visite privée. Retrouvez-moi à onze heures devant la grotte !

Elle tourna les talons et se dirigea vers une autre table pour poursuivre sa distribution de dépliants publicitaires.

Enfin la situation se décantait !

- 17 -

Le petit déjeuner terminé, Diane et Bruno remontèrent dans leur chambre pour se préparer à une nouvelle ascension de la Sainte-Baume. Ils avaient le temps. La veille, ils avaient mis moins d'une heure pour atteindre la grotte. Mais l'attente les rendait impatients.

Diane avait investi la salle de bains. Dans la chambre, le portable de Bruno sonna. Il regarda qui cherchait à le joindre, puis rejeta l'appel. À peine avait-il reposé son téléphone que la porte de la salle de bains s'ouvrit. Diane apparut en petite tenue. Son air sérieux tranchait avec l'atmosphère détendue des instants précédents.

– Qui t'a appelé ?

– C'était mon ami Fabrice, tu sais l'autre prof d'histoire. Celui qui aurait bien aimé t'emmener au resto. Je ne l'ai pas pris. Ce n'est pas le moment.

– Habituellement, quand il te téléphone le week-end, tu lui réponds toujours ?

– Oui.

– Alors, vite, rappelle-le ! Dis-lui que tu as raccroché par erreur !

Diane, la souriante, s'était effacée derrière le capitaine Boldini, l'officier exigeant. Elle se rendit toutefois compte de son attitude sévère et de la

75

rigidité de ses propos. Elle ajouta d'une voix plus douce :

— Excuse mon ton comminatoire ! Mais on doit faire attention à tous les détails. On ne sait pas si c'est Fabrice ou quelqu'un qui utilise son téléphone.

Il trouvait qu'elle exagérait. Paranoïa d'agent secret, pensa-t-il. Mais après tout… Il reprit son portable. Alors qu'il s'apprêtait à appuyer sur la touche d'appel du dernier numéro, Diane ajouta :

— Tu lui dis la vérité. Enfin, la vérité officielle : tu m'as emmenée passer un week-end en amoureux à la Sainte-Baume.

— Excuse-moi, rectifia-t-il. Mais depuis le temps qu'on se connaît avec Fabrice. La qualification d'amoureux pour le week-end ne sera pas crédible.

Elle comprit immédiatement :

— Merci pour cette remarque judicieuse. Je vois que tu deviens pro. Est-ce que « plan cul pour le week-end » correspond mieux aux deux hommes délicats que vous êtes ?

— Oui, mais c'était avant, tenta-t-il de se justifier.

Elle naviguait entre le sérieux de la mission et l'amusement.

— Dernière chose : mets le haut-parleur, ça t'évitera de me raconter !

Il se résolut à rappeler en appuyant sur la touche mains libres.

— Salut Fab ! Excuse-moi, je t'ai raccroché au nez par une fausse manip ! Tu es à Paris ?

— Salut. Oui et je m'emmerde. Il faut que je me

vide la tête. Si tu n'es pas encore rentré chez toi, j'aimerais bien qu'on se fasse une petite virée tous les deux.

— Désolé, vieux frère, mais je ne suis plus à Paris.

— Tant pis. Je vais partir à la chasse en solitaire. À propos de chasse, comment c'était avec la remplaçante de Martine ?

La question qu'il redoutait. La raison pour laquelle il n'avait pas décroché.

Diane esquissa un sourire, puis leva le pouce vers le haut.

— Bien, très bien. Un bon coup, répondit Bruno pour ne pas se déjuger.

— Putain, j'en étais sûr, réagit Fabrice. Dès que je l'ai vue, je l'ai tout de suite senti.

— Écoute Fab, on en parle plus tard parce que je l'ai emmenée en week-end.

— Waouh ! Le grand jeu. Et où ça ?

— À la Sainte-Baume.

— Une pécheresse à la rencontre d'une autre pécheresse.

Bruno avait hâte d'en finir. Mais Fabrice insistait :

— Elle est près de toi ?

Diane fit un signe négatif de son index.

— Non, je suis seul, mentit Bruno.

— Je vais te faire une confidence, mon ami. On n'avait pas parié, mais tu as gagné sans conteste. Alors je te laisse la terminer, puis tu me passes le relais. Ça te va ?

Bruno ne répondit pas.

— Pour tout d'avouer, continua Fabrice. Cette

fille me rend fou. Depuis l'autre jour, je n'arrête pas de penser à elle. Ce n'est pourtant pas dans mes habitudes, mais je suis raide dingue de cette nana. Peut-être parce que tu me l'as soufflée sous le nez.

Diane manqua pouffer de rire. Désormais rassurée par le caractère anodin du coup de fil, elle s'en amusait. Elle alla même, dans sa petite tenue, jusqu'à mimer une danse suggestive par simple jeu.

Enfin, la conversation prit fin. Diane ne retint plus son rire.

— Alors comme ça je suis « un bon coup » ? Il y avait longtemps que je n'avais pas assisté à un dialogue entre deux mecs obsédés.

Le visage de Bruno se ferma. Elle comprit qu'il n'appréciait pas la situation avec le même niveau d'humour qu'elle. Elle s'approcha de lui.

— Pardon, je plaisantais. Excuse-moi de t'avoir mis dans cette situation pénible ! Moi, je me suis bien amusée. Ne m'en veux pas !

Elle reprit un air sérieux :

— En tout cas, bravo ! Tu as assuré et moi je suis rassurée : c'était vraiment un coup de fil anodin.

Bruno la regarda. Il ne lui en voulait pas. On était loin de la situation que devait probablement imaginer Fabrice, mais la tenue intime ne laissait pourtant pas ses sens indifférents. Sans doute Diane s'en aperçut-elle. Sans rien ajouter, elle retourna dans la salle de bains pour finir de se préparer.

- 18 -

Premier tour de garde, talkie-walkie et trousseau de clés en main, Magalie faisait la tournée des cellules. Ouverture de verrou, coup d'œil à l'intérieur.

– Debout mesdames ! Il est sept heures !

Arrivée à la cellule de Claire, la surveillante appliqua la procédure spéciale de sécurité. D'abord regarder par l'œilleton avant d'ouvrir la porte.

– Lachard ! Eh Lachard ! cria Magalie, l'œil collé au judas.

Elle l'aperçut sur la gauche.

– Oh putain !

Magalie cogna contre la porte, sans résultat.

Elle se recula, attrapa son talkie et appela sa collègue. Toujours cette foutue procédure à cause du régime spécial de la détenue : obligation d'être deux pour ouvrir !

– Alice ! Viens vite ! Cellule de Lachard, ça urge !

En attendant sa collègue, elle continuait de cogner contre la porte. À l'intérieur, Claire étendue sur le sol ne bougeait pas.

Une TS[1] ! Magalie en était presque certaine : d'abord les tendances suicidaires de Claire Lachard, relevées, consignées, transmises à l'administration, puis les somnifères que la détenue lui réclamait chaque soir depuis quelques jours. Bien sûr, la surveillante avait demandé l'accord du médecin de la prison. En doses raisonnables. Mais les détenus font parfois preuve d'une extraordinaire ingéniosité. Combien en retrouvait-on pendus dans leur cellule sans que l'on sache comment ils avaient pu se procurer la cordelette fatale ? Malgré les fouilles, Lachard avait dû trouver le moyen de cacher les somnifères et les ingurgiter d'un coup. Mais non, impossible ! Elle les avalait devant elle conformément au règlement !

Alice accourut. Les deux gardiennes ouvrirent la porte et se précipitèrent sur Claire inerte. Elle respirait à peine. Magalie lui prit le pouls. Quarante battements par minute. Et encore, elle n'en était pas certaine, tellement le pouls était fuyant !

— Vite, appelle le toubib !

Moins d'un quart d'heure plus tard, l'ambulance arrivait dans l'enceinte de la prison.

L'infirmière du VSAV[2] observa le gardien monter dans le véhicule, s'installer à côté du brancard et menotter son poignet avec celui de Claire. Elle fit sèchement connaître sa

---

[1] Tentative de suicide.
[2] Véhicule de secours et d'assistance aux victimes, anciennement nommé VSAB.

désapprobation :

– Vous ne croyez pas qu'il y a d'autres urgences à prodiguer à la blessée, vu son état ?

– Désolé. C'est obligatoire à cause du statut de la détenue, répondit-il à l'infirmière revêche en verrouillant les bracelets.

- 19 -

Quelque part sous Paris

Le colonel se rendit dans la salle des communications, l'endroit le plus sécurisé de ce sous-sol communément appelé le bunker par ses occupants. L'officier militaire s'appuyait sur sa canne qu'il délaissait uniquement quand il évoluait dans des lieux publics, aucunement par coquetterie, seulement pour ne pas être identifié par ce handicap. Les séquelles d'une blessure, souvenir d'une de ses dernières missions quand il partait encore en opération sur le terrain.

Sécurité superflue ? Officiellement, le colonel n'existait pas. Mais il ne fallait pas sous-estimer l'intelligence des ennemis de l'État.

En attendant l'heure du contact, le colonel ruminait la découverte de Grabowski l'ancien hacker, recrue récente de la cyberdéfense. Le jeune homme avait réussi à pirater le site hypersécurisé du ministère de la Défense. Malheureusement pour lui, il avait été arrêté. On lui avait proposé un choix : les tribunaux ou une embauche. Il n'avait pas réfléchi longtemps.

Grabowski avait réussi à identifier l'Apostolique qui semblait avoir manqué de prudence dans ses connexions sur le darknet. Le colonel connaissait désormais le nom du vendeur du manuscrit.

Un succès qui n'était qu'une étape avant de savoir si une organisation se cachait derrière l'Apostolique. Le détail des premières informations récoltées n'était pas d'un grand intérêt pour le colonel, sauf à l'amener à réfléchir au hasard des coïncidences. Il venait de vérifier dans les fichiers. Il ne s'était pas trompé, sa mémoire ne lui faisait jamais défaut.

Cette découverte faisait-elle prendre un risque à la mission ? A priori non. Il repassa dans sa tête toutes les précautions mises en place préalablement. Côté capitaine Boldini, un CV béton. Diane avait fait des études de droit. Elle était fonctionnaire de l'Éducation nationale. Une secrétaire qualifiée, bien notée, qui effectuait des remplacements, surtout en université. Un poste choisi par goût pour bouger.

Et puis, Diane était faite pour cette mission. Le colonel avait toujours en tête une des appréciations de son dossier quand elle était sortie de l'école militaire :

Exceptionnelle maîtrise des situations délicates en s'affranchissant de toutes émotions et sensibilité.

C'était cette phrase qui avait décidé l'officier supérieur à la choisir parmi toute la promotion !

Côté Bruno Martel, rien n'avait été changé dans son parcours. Toutefois, par sécurité, toute trace de ses mésaventures avec les Soldats de la rédemption au printemps dernier avait été effacée. Tâche aisée, puisque pour les besoins de l'enquête en cours, la police et la gendarmerie avaient tenu ces évènements secrets.

Non, tout était bien ficelé. La mission était totalement sécurisée. Juste cette incroyable coïncidence qui le titillait. Une chance sur un million que le cas se produise. Et il s'était produit ! Mais aucune raison toutefois de s'inquiéter ! se rassura-t-il.

L'heure du rendez-vous avec le capitaine Charente était arrivée. Le colonel s'installa devant le clavier et lança la procédure sécurisée. Un visage buriné surmonté d'une chevelure brune apparut à l'écran. Celui d'Olivier Charente, quarante-cinq ans, une carrure d'athlète. Un officier apprécié. Il appartenait au service depuis quatre ans. De belles réussites de missions délicates à son actif. Celle d'aujourd'hui n'était pas la plus reluisante. Il était chargé d'assurer le relais et si besoin la couverture du capitaine Boldini.

— Bonjour colonel !

— Bonjour capitaine ! Alors, où en est-on ?

— Nulle part pour le moment. Ils n'ont pas encore pris contact. Boldini joue bien son rôle.

Homme ou femme, Olivier Charente avait l'habitude d'appeler les gens par leur patronyme.

— Et notre professeur d'histoire ? Pas d'erreur de comportement ? compléta l'officier supérieur.

— Aucune. Martel est parfait pour l'instant.

Boldini et lui forment un beau couple illégitime en week-end amoureux. Je les trouve mignons. Si je puis me permettre, je me verrais bien à la place du prof d'histoire…

– Non, vous ne pouvez pas vous permettre, capitaine, répliqua sèchement le colonel. Je sais que c'était votre idée première, mais je vous rappelle que c'est à cause d'une méconnaissance en culture latine que le capitaine Charlier a perdu la vie. Donc on ne change rien. On patiente, c'est tout ! Faites-moi passer la vidéo de leur visite d'hier à la grotte.

– D'accord, je lance le partage d'écran.

Le visage d'Olivier Charente laissa la place aux images du sanctuaire de la Sainte Baume. Les visiteurs étaient nombreux. Le colonel était persuadé que l'Apostolique ou un de ses sbires s'était mêlé à eux. Les techniciens allaient récupérer la vidéo pour la disséquer.

La vidéo terminée, Charente réapparut à l'écran.

– Dernière chose avant de se quitter, capitaine. J'espère que Diane ne vous a pas repéré ?

– Non, soyez tranquille, colonel ! Le sous-marin[1] est un beau Renault Trafic blanc tout neuf qu'elle n'a jamais vu. Et quand je suis dehors, je me tiens à distance, mais par sécurité, comme Boldini me connaît, j'ai ajouté une moustache et une casquette à ma panoplie.

L'officier supérieur en savait assez. Il coupa la communication.

---

[1] Camionnette de police équipée pour surveillance.

Cette absence de contact du vendeur l'ennuyait. Rien de catastrophique, mais il ne fallait pas que ça dure trop longtemps.

- 20 -

Le même jour 11 h

Arrivés sur le parvis du sanctuaire, ils reconnurent la guide aux cheveux blonds qui attendait à droite de la grotte devant un petit édifice. Une porte au linteau arrondi et entourée par deux fenêtres étroites : le monastère des Dominicains. Une plaque rivée sur le mur mentionnait :

Couvent sainte Marie-Madeleine

Les frères dominicains sont à votre disposition pour le sacrement de la réconciliation, de même que pour un entretien spirituel, des explications sur le sanctuaire et sainte Marie-Madeleine.

— Si vous voulez bien me suivre, annonça la guide en se dirigeant vers l'entrée du couvent.

Bruno et Diane lui emboîtèrent le pas. La femme blonde les arrêta :

— Excusez-moi madame, pas vous ! Je dois rencontrer monsieur Martel seul.

Aïe ! Logique. Il fallait s'y attendre.

— Mais c'est mon amie, réagit Bruno. Elle

m'accompagne et…

Il vit le petit signe discret de Diane et se reprit.

– Oui je comprends, dit-il à la guide.

Puis s'adressant à Diane :

– Attends-moi, ma chérie ! Je n'en ai pas pour longtemps.

Bruno complètement investi dans son rôle lui posa un baiser sur les lèvres.

La guide sortit une clé de sa poche et ouvrit l'entrée du monastère.

Diane vit la porte se refermer derrière eux. Elle entendit la serrure se verrouiller.

Elle sentit un petit pincement au ventre. Ridicule, se rassura-t-elle. Il n'est pas en danger. Vu l'endroit, il ne peut ressortir que par cette porte, au pire par la grotte si le couvent communique avec le sanctuaire. Et puis, il a son stylo dans la poche si jamais on doit le localiser.

Diane retourna près des escaliers pour avoir la vue la plus large possible sur le parvis.

Malgré toutes les tentatives pour se rassurer, elle culpabilisait. Elle repensa au capitaine Charlier, mort à cause d'un détail. Elle ne comprenait pas, ce n'était pas la première fois qu'elle partait en mission en duo et qu'elle perdait son équipier de vue. Oui, mais Bruno Martel était un civil qui n'était pas aguerri comme un membre du service et qui n'avait rien demandé.

Elle ne devait pas se mentir. La vraie raison de son inquiétude était autre : elle commençait à s'attacher à ce professeur d'histoire.

Bruno suivait la chevelure blonde au travers d'un dédale de couloirs.

Impossible de définir ce qu'il ressentait. De la peur ? Pas vraiment, même s'il n'était pas rassuré. Pour la première fois depuis vingt-quatre heures, il ne pouvait pas compter sur le soutien logistique de Diane. Il espérait qu'il ne commettrait pas de bévue. Il pensa à Claire. Il faisait tout ça pour elle, pour qu'elle reçoive ses lettres, qu'il puisse lui rendre visite et, qui sait, qu'elle obtienne une libération conditionnelle. Certes, le colonel ne s'était pas engagé sur ce dernier point, mais il n'avait pas dit non.

Il sortit de ses pensées quand la guide s'arrêta devant une petite porte.

— Vous avez l'air d'être chez vous dans ce couvent, lança-t-il pour évacuer le stress et se donner une contenance.

Il n'attendait pas de réponse. Pourtant la femme répliqua :

— Mon oncle était un frère dominicain qui résidait dans ce monastère.

« Était » ? Pourquoi l'imparfait ? Comme il n'arrivait pas à donner un âge à cette femme, impossible de déduire si le religieux était simplement décédé de vieillesse. Était-ce ce frère dominicain qui avait découvert le manuscrit qu'il devait authentifier ?

Finalement, ce serait peut-être plus simple que ne le pensait Diane. La guide allait lui sortir le manuscrit, il le consulterait, l'authentifierait et tout serait terminé. Enfin pour lui. En effet, la transaction financière qui suivrait ne le concernait pas, quoi que Diane en ait dit.

La porte s'ouvrit sur une cellule monacale. La guide invita Bruno à entrer et à s'asseoir sur une des deux chaises séparées par une table. Elle sortit un papier de sa poche. Ce n'était pas le manuscrit, mais une vulgaire feuille de cahier. Elle le posa devant lui :

In principio erat Verbum et Verbum erat apud Deum et Deus erat Verbum.

— Je dois vous demander la traduction de ce texte avant de vous fournir les informations que vous attendez.

L'espace d'un instant, Bruno fut pris de sueurs froides. Et s'il n'y parvenait pas ? Il se remémora les propos du colonel : « Un de mes hommes a perdu la vie en mission pour s'être fait piéger avec la traduction d'une phrase en latin ».

Il se concentra sur le texte. Il s'était fait peur pour rien. Il reconnut sans trop de difficultés le premier verset du Prologue de l'évangile de Jean. Il répondit sans hésitation :

– Au commencement était la Parole, et la Parole était avec Dieu, et la Parole était Dieu.

Le contexte n'aurait pas été si grave, il se serait cru à un jeu télévisé.

La guide ne fit aucun commentaire. L'homme avait traduit correctement le texte. Elle devait lui fournir les indications et le ramener jusqu'à la sortie :

– Retenez bien ce que je vais vous dire car je ne vous donnerai aucun écrit : rendez-vous demain à dix heures au Golf Club Esery – Grand Genève. C'est à côté d'Annemasse. Je vous raccompagne.

Bruno s'attendait à ce qu'on lui remette un document ou un objet en lien avec le manuscrit. Mais rien ou presque : juste un lieu et un rendez-vous.

Première chose : mémoriser l'adresse. Voilà, c'est fait. Ensuite, en savoir plus. Ne pas commettre d'impair. Je suis l'envoyé de l'acheteur, je dois authentifier le manuscrit. Bon, je peux y aller :

– Je voudrais des précisions sur le manuscrit. Je suis ici pour ça.

– Désolée, répondit la guide, je n'ai rien d'autre à vous dire ni à vous donner. Suivez-moi jusqu'à la sortie !

- 22 -

Rennes – au même instant

De la fébrilité régnait dans les locaux du SRPJ de Rennes.

En raison de la gravité du dossier, le procureur d'Ille-et-Vilaine avait organisé en urgence une visioconférence à laquelle participaient la police rennaise, le directeur du centre pénitentiaire et un officier de la SDAT[1].

La réunion débuta à travers les ordinateurs de chacun. Le procureur prit la parole le premier :

– Compte tenu du climat politique ambiant, cette évasion d'une détenue radicalisée est très embarrassante. Donc pour commencer, cet évènement doit être gardé secret. Je compte sur votre discrétion à tous. Le juge Baudoin en charge de l'instruction du procès de Claire Lachard n'a pas pu se joindre à nous, mais il prend tout naturellement en charge ce dossier. Pour tout ce qui concerne vos enquêtes, c'est à lui que vous en référerez.

---

[1] Sous-direction anti-terroriste.

Cette entrée en matière terminée, le procureur demanda au directeur du centre pénitentiaire d'apporter les détails sur la disparition de Claire Lachard :

– Il s'agit bien d'une évasion savamment élaborée. Ce matin à sept heures, Lachard a été découverte inanimée dans sa cellule. Rythme cardiaque à quarante. On a cru à une TS, d'autant qu'elle a laissé une lettre annonçant qu'elle mettait fin à ses jours. Lachard a été transportée en urgence à l'hosto… sauf que son ambulance n'est jamais arrivée à destination ! On a trouvé dans sa cellule un livre provenant de la bibliothèque de la prison. La couverture était décollée. Il restait des traces d'une poudre blanche. Un prélèvement a été réalisé. Je ne sais pas où en est la police sur ce point.

L'officier rennais se chargea d'apporter une première réponse :

– La poudre a été envoyée à l'analyse. Mais on est dimanche, on n'aura pas de résultat avant demain. D'après les techs, il y a fort à parier que ce soit de la clonidine, un puissant antihypertenseur. En un mot, un produit qui fait baisser le rythme cardiaque et qui serait l'explication à la fausse tentative de suicide. Avec une dose bien calculée, le cœur ralentit et peut même s'arrêter. Risqué, dangereux, mais efficace quand on prend la quantité adéquate !

– Tout le monde s'est laissé avoir, rénchérit le directeur. L'ambulance n'était pas celle qu'on attendait. Le surveillant qui a accompagné la détenue reste introuvable.

Le procureur demanda où en étaient les investigations.

Il fallait se rendre à l'évidence : l'évasion avait été bien préparée. Les caméras du parloir avaient permis de découvrir, sans l'identifier, une rousse à lunettes, venue rendre visite à Claire Lachard par deux fois. Elle s'était présentée avec une autorisation spéciale du juge, un faux bien entendu. Le directeur n'était pas très à l'aise sur ce sujet car la procédure aurait voulu que l'on procédât à des vérifications avant d'autoriser la visiteuse à rencontrer la détenue.

Quoi qu'il en soit, en vingt-quatre heures, on n'avait pas encore trouvé la moindre trace de Claire Lachard.

L'officier de la SDAT intervint alors :

— Vous parlez d'évasion, mais il ne faut pas exclure l'enlèvement. Claire Lachard a fait partie des Soldats de la rédemption, une secte extrémiste, intégriste… je vous passe les qualificatifs. Depuis sa trahison et les meurtres qui lui sont attribués, Claire Lachard a certainement été condamnée à mort par ses anciens amis.

— C'est une hypothèse, réagit le directeur du centre pénitentiaire. Mais Claire Lachard était à l'isolement. Personne n'a pu la forcer à avaler le produit pour simuler le suicide. Une action délibérée de sa part est le plus probable.

L'officier de la SDAT en convint. À son tour, à la demande du procureur, il fit une brève synthèse.

Les Soldats de la rédemption étaient une secte.

Initialement apparentés à l'Église de scientologie, ils en avaient été rapidement exclus à cause de leurs dérives doctrinaires.

– Ce sont des fanatiques qui pensent que pour absoudre leurs péchés et obtenir la rédemption, il faut anéantir tout ce qui en est à l'origine. Détruire des objets et même des hommes. Ce qui conduit parfois à des enchaînements d'assassinats. Leur arme préférée : le poison. Ils savent conditionner leurs adeptes. Des parcours initiatiques avec de véritables lavages de cerveau pour retirer tout libre arbitre. Claire Lachard en a été un parfait exemple, même si semble-t-il, elle a réussi à retrouver sa lucidité avant d'être arrêtée.

– Ce n'est pas le sujet. Poursuivez sur les Soldats, s'il vous plaît !

– Les cadres de la secte se nomment Commandeurs. Au sommet de la pyramide : Joseph Johnson, le fondateur du mouvement. Il porte le titre de Guide Suprême. Il partage son temps entre les États-Unis et l'Europe. Plus particulièrement la Suisse à Engelmatt. Mais nous l'avons récemment localisé en France. Malheureusement, nous ne possédons aucun chef d'inculpation pour l'arrêter.

Les échanges se poursuivirent pendant une heure, puis la visioconférence prit fin.

- 23 -

Bruno retrouva Diane sur le parvis. Une séquence émotion non feinte. Pourtant, jamais Bruno n'avait été en danger, sauf s'il n'avait pas réussi à traduire la phrase de la *Genèse* de Jean. Risque improbable. Le professeur d'histoire avait justement été choisi par le colonel pour cette compétence-là. Toutefois, nul ne saurait jamais ce qu'il serait advenu, si la réponse avait été différente de celle attendue.

Désormais bien imprégné des bons réflexes, Bruno se contenta d'échanger des banalités avec Diane sur le parvis de la grotte. Ce ne fut qu'au cours de la redescente vers l'Hostellerie, sûr d'être seuls sur le chemin, qu'il raconta à Diane son excursion dans le couvent et lui apporta les renseignements fournis par la guide. Il se montra un peu déçu par la maigre récolte. Au contraire, Diane était satisfaite.

— Ils ne veulent prendre aucun risque. Ils travaillent par étapes. Ce premier rendez-vous était seulement prévu pour vérifier que tu étais bien latiniste et pas flic. Je ne suis même pas certaine que la guide soit des leurs. Ils t'ont validé. Le vrai rendez-vous est pour demain au golf d'Annemasse.

Elle ajouta :

— Je suis contente qu'on fasse équipe tous les deux.

Elle réfléchit, sortit son téléphone pour afficher une application de calcul d'itinéraire, puis décida de la suite du programme :

— Quatre cents bornes, cinq heures de route. On doit être frais dispo pour le rendez-vous de demain, donc on déjeune et on plie bagage. Direction Annemasse !

24

La Renault Mégane roulait tranquillement sur l'autoroute A7. Elle approchait de Montélimar.

— Peux-tu nous trouver un hôtel pour ce soir ? demanda Diane.

— Pas trop loin du golf ? répondit Bruno en sortant son téléphone.

— Non. Cherche quelque chose bien avant Annemasse. Je n'ai pas envie qu'on nous repère dès ce soir. Je voudrais souffler un peu et décompresser. Ce qui nous attend demain ne sera sûrement pas une partie de plaisir.

— Annecy ? Ça t'irait ? D'après Google, c'est à quarante minutes d'Annemasse.

— Très bien. Un hôtel où ils ne risquent pas de nous trouver. Un low cost genre *Formule 1*.

Bruno lança une recherche.

— Il y a un *Première Classe* à Cran-Gevrier, juste à côté d'Annecy.

— Parfait.

— Je réserve ?

— Surtout pas. On arrive à l'improviste. Vu l'heure, il restera bien des chambres.

Soudain La Mégane se rabattit brusquement sur la droite pour s'engager sur la bretelle de sortie

Montélimar-sud.

– Un problème ? demanda Bruno surpris en s'accrochant à la poignée de maintien de l'habitacle.

– Simple précaution au cas où l'on nous suive. Comme on est en avance, on va prendre un bout de nationale.

Ils arrivèrent en fin d'après-midi au *Première Classe* de Cran-Gevrier près d'Annecy. Aucune surprise. La chambre était rigoureusement identique à toutes celles des hôtels de la chaîne. Une surface optimisée pour accueillir un équipement minimum mais complet : un lit double surmonté d'un troisième couchage tel un baldaquin, des étagères, une tablette et une chaise, sans oublier le téléviseur. Derrière une porte coulissante, la salle de bains-toilettes. Il ne fallait pas être trop gros pour se glisser sous la douche.

Encore plus petit que la chambre de l'Hostellerie de la Sainte-Baume.

Ce n'était que la seconde nuit qu'ils allaient passer sagement ensemble, pourtant ils prirent possession de la chambre avec le plus grand naturel. Le partage de l'étagère, l'utilisation de la salle de bains l'un après l'autre. L'instant de repos allongés côte à côte sur le lit.

Une impression d'habiter ensemble depuis des semaines.

– Tu n'as pas passé ton détecteur de micro ? s'étonna Bruno.

– Tu deviens pire que moi. Nous n'étions pas attendus ici, alors pas de risque.

Ils consacrèrent une demi-heure à débriefer sur la journée du lendemain. Diane évoqua toutes les hypothèses pour que Bruno s'en imprègne. Il aurait certainement à authentifier le manuscrit. Et en fonction du résultat, prévoir la suite !

Bizarrement, Bruno n'était pas inquiet. Il avait désormais intégré sa « mission » au même titre qu'il aurait participé au déchiffrage d'un manuscrit pour le compte de l'université, avec toutefois le danger en plus.

Diane était moins sereine. Elle avait pourtant l'habitude. Chercher à anticiper ne servait à rien. Il fallait se vider la tête. C'est pourquoi elle conclut le débriefing :

– On doit décompresser. À partir de maintenant, on arrête de parler de demain. On fait un break. Ce soir, petit resto sympa. Ça te dit ?

De toute façon, c'était elle qui décidait !

Dix-neuf heures. Bruno s'était changé. Il avait laissé la salle de bains à Diane. Allongé sur le lit, il regardait la télévision. Par chance, l'hôtel était abonné à *Rétro-séries*, la chaîne spécialiste des anciens feuilletons. En ce moment, c'était un épisode de *Rintintin* datant de 1959. Il n'était pas encore né au moment où cette série passait sur l'unique chaîne de la télévision française, pourtant, il vivait l'épisode comme une madeleine de Proust.

Le bruit de la porte coulissante de la salle de bains le détourna du chien héroïque qui venait de désarmer un hors-la-loi.

Quelle surprise ! Diane avait troqué son jean et son tee-shirt pour une jolie robe noire. Classe !

– J'espère que ça ne fait pas trop habillé. C'est la seule tenue que j'ai apportée dans mon sac.

– Pas du tout. Tu es ravissante.

– Merci.

La première fois qu'il la voyait en robe !

Il avait décroché de *Rintintin* et s'était levé du lit. Exiguïté de la chambre oblige, ils se frôlèrent. Impossible pour Bruno de reconnaître l'odeur de la vanille et de l'abricot. Il n'était pas expert dans les senteurs. Il trouvait seulement celle-ci très agréable.

– J'aime bien ton parfum.

– *Senteurs Gourmandes* de Laurence Dumont. J'espère que je n'ai pas trop chargé.

Diane, si forte, si sûre d'elle quand le sujet concernait la mission ! Tandis que là, elle paraissait fragile, gauche, allant même jusqu'à manquer d'assurance.

Bruno la découvrait féminine et il en était ravi.

Dans un autre contexte…

25

Le programme de la soirée n'étant pas d'ordre professionnel, Bruno avait pris les commandes. En déambulant dans le Vieil Annecy, il avait trouvé *Au Bord du Thiou* fort sympathique. Tout était annoncé dans le nom : la terrasse du restaurant bordait la rivière. La température était agréable, l'ambiance détendue. Diane avait raison : décompression !

Était-ce pour lui faire plaisir ? Une fois le menu choisi, elle avait quitté ses lunettes et les avait rangées dans son sac.

Le serveur apporta deux coupes de champagne.

Bruno n'avait pas pu s'en empêcher. Une sorte de réflexe quand il emmenait une femme au restaurant ! Il se demanda après coup si son initiative n'était pas porteuse d'ambiguïté. Il s'empressa de préciser :

— On fête notre collaboration, cheffe !

Le titre appuyait la plaisanterie. Pour ne pas être de reste, Diane leva son verre et annonça à son tour :

— Au coéquipier le plus sympa que je n'ai jamais eu !

Le plaisir de dîner ensemble était réciproque.

Sans volonté affirmée de la part des deux

convives, la conversation glissa rapidement sur des sujets personnels avec plus ou moins de maladresse.

— Tu penses toujours à Claire ?

— Non pas en ce moment.

Quelle conne, je suis ! Pourquoi ai-je posé cette question ? Vite ! Parler d'autre chose ! De la pluie, du beau temps, de n'importe quoi. Une question sur son boulot.

Aucune ne venait.

Contrairement à ce que croyait Diane, Bruno n'était pas gêné par la question. Il n'avait d'ailleurs pas menti en y répondant. À l'instant précis, il ne pensait pas à Claire. Ce qui ne retirait rien à son sentiment d'amour pour elle, mais non, il n'y pensait pas. Il vivait pleinement le moment de détente avec Diane.

Volontairement ou non, Bruno s'engouffra dans la brèche :

— Puisque tu abordes le sujet et que tu connais ma situation amoureuse, parle-moi de la tienne !

Pour la première fois, il vit rosir le teint de ses pommettes.

Elle hésita à simplement répondre « personne en ce moment ». Elle aurait pu aller un peu plus loin et dire « il n'y a jamais eu personne »… ou presque. En amour, car des relations physiques, elle en avait eues. Par besoin ? Par plaisir ? Par jeu ? Pour compenser ? Un peu tout cela.

Elle le regardait. Il la rassurait. Elle décida de lui dire. Pourquoi ce besoin de se confier ? Elle l'ignorait.

— Je n'ai personne en ce moment. Enfin, je ne

sais même pas si un jour, j'ai eu quelqu'un. J'ai un problème avec les hommes.

Il fit mine de tomber de sa chaise. Elle s'aperçut de la possible interprétation.

— Mais non, je ne suis pas lesbienne. J'ai seulement un problème avec les hommes… en amour. Uniquement pour les sentiments. Pour le reste, merci, ça fonctionne !

Bruno avait envie d'en savoir plus.

— Allonge-toi sur le divan et raconte-moi ! ajouta-t-il avec une pincée d'humour.

— Oh c'est très simple, commença-t-elle avec un incroyable besoin de se livrer. D'après les psys, mon cas est courant, banal même. Mes parents se sont mariés très jeunes, trop jeunes. Mon père a quitté maman quand j'étais petite. Il nous a lâchement abandonnées. Par fierté ou par honte, maman n'a jamais voulu me donner des explications. En grandissant, j'ai compris qu'il était parti loin, à l'étranger, sans doute avec une autre. Maman en parlait parfois avec sa sœur, j'écoutais, cachée. Adulte, je n'ai jamais osé aborder le sujet directement avec ma mère. De toute façon, ça n'aurait servi à rien. J'avais déjà perdu mes repères. Je n'ai jamais pardonné. J'en ai voulu à la terre entière et à Dieu. Tu as l'explication de mon athéisme. Ça remonte à plus de trente ans, mais la conséquence est, soi-disant, toujours profondément ancrée en moi : je ne veux pas m'attacher à un homme pour ne pas prendre le risque d'être ensuite abandonnée.

Elle s'interrompit pour déglutir.

— Mais je vis très bien comme ça, se reprit-elle comme pour se justifier. Je me suis guérie toute seule en tirant un trait sur mon père et sur cette période. Et je me satisfais de ma liberté et de mon indépendance.

Bruno la regardait, ému sans vraiment croire à cette dernière affirmation. Il la découvrait. La capitaine des services spéciaux, si forte, si sûre d'elle ! Ce n'était qu'une façade. Ce soir, il avait en face de lui une femme fragile.

Il éprouva le besoin de lui prendre la main. Une façon de lui dire qu'il la comprenait. Geste sans arrière-pensée. Ils se tenaient si souvent par la main depuis quelques jours dans leur jeu de rôles.

— Je ne sais pas pourquoi j'ai eu envie de te raconter ça, conclut-elle. Tu es le premier. Personne ne connaît mon histoire.

Elle retira sa main de celle de Bruno pour se défaire de la sensation étrange qui la parcourut. Elle n'en continua pas moins sur le même thème.

— Je vais te paraître ridicule, mais à la fin de mes études, je me suis engagée dans l'armée pour entrer dans une nouvelle vie. Je ne le regrette pas. J'ai définitivement tourné la page et me sens bien dans mon boulot.

L'armée. L'occasion pour Bruno de l'aider à changer de sujet :

— Je me demandais si tu étais policier ou militaire. Tu viens de me donner la réponse.

— Oui, le service est rattaché au ministère de la Défense, même s'il n'apparaît sur aucun organigramme et…

Elle s'arrêta. L'officier reprenait le dessus :

– Excuse-moi ! Je n'ai pas le droit de t'en dire plus. On passe à autre chose maintenant, même si ça m'a fait du bien de te raconter et que tu m'écoutes. Tiens, parle-moi de ton addiction aux vieux feuilletons des années 60 et 70.

Son visage avait retrouvé le sourire. Bruno se montra intarissable sur le sujet demandé. Il raconta comment, ses parents, fans des anciennes séries télévisées, l'avaient contaminé. Il poursuivit avec des anecdotes qui firent beaucoup rire Diane.

Vers vingt-deux heures, d'un commun accord, ils jugèrent raisonnable de rentrer. La journée du lendemain ne serait pas de tout repos.

– Merci Bruno, j'ai passé une très bonne soirée, lança Diane avant de se lever.

Elle était sincère.

- 26 -

Minuit. Diane sortit de son cauchemar sans complètement se réveiller. Un être mythique mi-homme, mi-bête la poursuivait dans les bois. Il crachait du feu. Elle courait pieds nus. Non, c'était irréel, elle rêvait. Elle se tourna et, dans son demi-sommeil, rencontra le dos de Bruno. Elle était rassurée. Le monstre n'était que le fruit de son imagination. Elle était bien à l'hôtel, couchée dans le lit, Bruno à ses côtés, à quelques centimètres. Les ronflements sporadiques étaient là pour le confirmer.

Se rendormir afin d'être en forme pour le lendemain ! Plus facile à dire qu'à faire ! Dérouler dans sa tête le fil de la soirée passée au restaurant, une façon pour elle de se laisser porter et de retrouver le sommeil !

Bruno. Un type super ! Il avait fallu cette mission pour qu'elle le rencontre. Cette mission qui rendait leur relation atypique. Un duo professionnel, un couple de façade pour tromper l'ennemi, une amitié naissante, des confessions intimes. Elle avait désormais l'impression de le connaître depuis des mois, pourtant leur rencontre remontait seulement à une semaine.

Diane se rendormit… Enfin, elle crut se rendormir… Mais peut-être s'était-elle vraiment rendormie… À moins que… Les images défilaient dans sa tête. Les coupes de champagne qui s'entrechoquaient. Les compliments de Bruno sur son parfum.

Il s'était tourné. Elle entendait sa respiration, toute proche. Elle vint au plus près pour sentir son souffle. Non ! Trop près ! Elle l'avait effleuré. Bruno remua, sans doute en réflexe à ce frôlement.

Il dormait. Elle aussi dormait, elle en était sûre !

Le souffle, sentir le souffle masculin sur ses lèvres. Elle en éprouva le besoin. Elle approcha sa bouche.

Non, ce n'est pas raisonnable !

Le baiser.

Bruno se réveilla. Se rendant compte de la situation, il tenta de se dégager de l'étreinte.

Il ne fallait pas, même si son corps n'était pas du même avis ! Il y avait Claire. Il devait l'attendre !

Claire, je t'aime !

Bien sûr, il n'avait rien promis, pourtant…

Un combat s'engagea entre son esprit et son corps. Refuser l'inévitable conclusion ! Lutter contre le désir !

Difficile ! Très difficile ! Surtout quand Diane, sortie de son sommeil, lança une nouvelle attaque.

Autant par désir que par lâcheté, Bruno accueillit spontanément la langue féminine impétueuse. Il se sentait incapable de résister et empêcher l'inéluctable suite.

Annemasse

Jean-Luc Keller n'arrivait pas à trouver le sommeil. Il en connaissait parfaitement la cause : les documents complémentaires qu'il avait imprimés juste avant qu'il ne regagne sa chambre. Trois jours qu'il les avait réclamés !

Pendant qu'il dînait au restaurant, il avait enfin reçu un SMS l'informant que les renseignements demandés lui avaient été envoyés dans l'espace sécurisé habituel.

Jean-Luc Keller avait un instant hésité à se connecter sur l'ordinateur de l'hôtel en libre-service mis à la disposition des clients. Mais l'urgence l'avait emporté sur la sécurité.

Impossible de s'endormir ! Il éclaira la lampe de chevet et se releva. Après avoir attrapé ses lunettes, il reprit les sept pages imprimées quelques heures plus tôt et les parcourut une nouvelle fois en détail. Il voulait approfondir. Prudence oblige !

Un professeur d'histoire et une secrétaire d'université. Bruno Martel et Diane Boldini. Banal. Malgré tout, les deux noms l'interpellaient.

D'abord Bruno Martel. Il était bien un expert en

théologie. Il avait publié une thèse. Il vivait en Bretagne, il se rendait régulièrement à Paris pour donner des cours à la Sorbonne. Côté vie privée : célibataire collectionnant les conquêtes féminines. Ce n'était pas la première fois qu'il emmenait sa petite amie du moment en week-end. Ce qui expliquait la présence de Diane Boldini à ses côtés.

Mais le professeur d'histoire connaissait bien les Soldats de la rédemption. Trop bien même. Le seul avantage pour Keller était que Martel ignorait certainement ce que lui savait.

Quant à Diane Boldini, trente-neuf ans, née à Paris, célibataire, fonctionnaire de l'Éducation nationale, le CV développait un parcours détaillé, sans singularité. A priori sur le papier tout était normal. Pourtant, Keller en était sûr : le CV ne reflétait pas l'exacte vérité. Lui seul avait su relever l'anomalie.

Son regard se posa alors sur les photos. Celle de Bruno, puis celle de Diane. Un beau couple éphémère à en croire les renseignements. Il dévisagea longuement la secrétaire : c'était une belle jeune femme.

Fallait-il laisser les choses suivre leur cours ? Il s'interrogeait. Il voulait s'accorder encore quelques heures de réflexion avant de décider.

- 28 -

Le plus difficile fut de commencer à parler car le silence était insupportable. Finalement, Diane prit l'initiative :

– Excuse-moi ! Je ne sais pas ce qui m'a pris cette nuit.

– Tu n'as pas à t'excuser. La soirée au restaurant, l'intimité que nous vivons depuis trois jours, la proximité de nos corps dans le lit. Je comprends. J'ai eu la même envie.

– Tu dois sacrément aimer Claire pour avoir su résister. Elle a de la chance de t'avoir. J'ai honte de ce que j'ai voulu faire.

Voilà qu'elle culpabilisait !

Il s'abstint de lui avouer qu'il avait été à deux doigts de répondre à la sollicitation physique et faire l'amour avec elle. Il aurait tout aussi bien pu céder.

– Tu as seulement suivi ton désir, lui répondit-il pour lui enlever sa culpabilité. Tu es libre. Tu n'avais aucune raison de te retenir. En d'autres temps j'aurais fait pareil. Si je n'aimais pas Claire, on aurait couché ensemble comme deux célibataires adultes et responsables. Ça ne s'est pas fait à cause de moi, c'est tout. J'espère en tout cas que ça n'entachera pas notre amitié… comment dirais-je… particulière. Je ne trouve pas d'autres mots.

Pour une fois, il se sentait plus fort qu'elle.

Elle voulait réagir, lui dire combien elle l'appréciait. Mais elle préféra se taire et seulement lui sourire. Il avait parfaitement bien résumé. Ajouter d'autres paroles n'apporterait rien.

Il conclut, pragmatique :

— On va donc arrêter de se prendre la tête. On a une mission à terminer. On oublie nos états d'âme. Ton colonel voulait que l'on joue au couple amant-maîtresse de façon réaliste. Il a bien failli réussir mais ça ne s'est pas fait. Alors, on continue notre mission comme avant et on remet à plus tard nos réflexions métaphysiques et psychologiques.

— C'est fou comme un prof d'histoire sait simplifier les choses, répliqua-t-elle. Tu as raison. Et surtout, ne pas perdre les bonnes habitudes !

Elle sortit du lit, s'allongea à plat ventre sur le sol et démarra sa série de pompes quotidienne. Pour rien au monde, elle n'aurait dérogé à ce rituel matinal de culture physique, quelles que fussent les circonstances.

- 29 -

Quelque part dans l'Ain

Claire se réveillait. Elle avait froid, très froid. Par réflexe, ses doigts ramenèrent jusqu'à sa bouche la grosse couverture sous laquelle elle était pourtant déjà blottie.

Claire ressentait une immense fatigue. Elle ouvrit péniblement les paupières avant de les refermer, gênée par l'éclairage du plafonnier au-dessus d'elle.

Où était-elle ?

Quand ses yeux se furent habitués à la lumière, elle observa autour d'elle. Une immense pièce, des murs de brique, une porte, aucune fenêtre, quelques meubles. Malgré l'aménagement rudimentaire, l'endroit ressemblait à une grande cave.

Elle découvrit qu'elle était couchée dans un lit.

Elle se souvint : la cellule de la prison, le livre avec le sachet, la poudre qu'elle avait avalée et puis plus rien.

Sous la couverture, elle se toucha le ventre. Un tissu rêche. Son jogging pour la promenade ? Non, trop rugueux. Elle sortit le bras et découvrit l'étoffe écrue. Elle ne put retenir un cri. Elle repoussa la couverture pour s'en assurer.

Elle était habillée d'une robe de bure. La vue du vêtement emblématique la replongea dans son passé.

Les Soldats de la rédemption !

L'époque où elle avait été initiée !

Et tout le reste : les meurtres pour absoudre les péchés.

Mais surtout sa trahison.

Elle devait se rendre à l'évidence : elle avait échappé à la justice de la société civile pour tomber dans celle des Soldats.

Elle se rendait compte, un peu tard, de son erreur.

Claire se leva. Elle était faible et tenait à peine sur ses jambes. Son esprit était embrumé, mais pas suffisamment pour ne pas être lucide.

Prisonnière des Soldats !

Ils allaient la tuer, c'était évident. Pourquoi ne l'avaient-ils d'ailleurs pas déjà fait ?

L'atmosphère de la cave était humide et froide. Chancelante, Claire fit le tour de la pièce et inspecta les murs de briques. Aucune issue. La porte ? Verrouillée évidemment !

Elle n'avait pas beaucoup marché, mais se sentait pourtant épuisée. Elle retourna s'allonger.

Les souvenirs et les interrogations défilèrent dans sa tête.

Pourquoi le destin s'acharnait-il ainsi sur elle ?

Elle poursuivit son exploration visuelle et découvrit le livre posé sur la petite table à la droite de la tête de lit. Elle s'en saisit.

« Soldats de la rédemption »
« par Joseph Johnson »

Elle reconnut immédiatement la bible du Guide Suprême. Le livre qui avait accompagné son initiation à Engelmatt[1] !

Elle l'ouvrit et prit une page au hasard. À la lecture des premières lignes, elle s'étonna de réciter le texte appris par cœur deux ans et demi plus tôt. Elle n'avait rien oublié.

Elle posa la bible de Joseph Johnson sur la couverture et se perdit dans ses pensées.

---

[1] Du même auteur : Le Prisonnier de l'île aux pécheurs.

Soudain la porte s'ouvrit. La femme rousse aux lunettes épaisses entra dans la pièce.

— Bonjour Claire. Te voilà enfin réveillée !

Claire l'identifia immédiatement : la visiteuse de la prison ! Seul changement, la voix n'était plus nasillarde.

— Tu m'as reconnue, c'est parfait. Je peux donc me mettre à l'aise pour parler avec toi.

Elle retira sa perruque rousse et ses lunettes.

— Le plus pénible, quand je te rendais visite au parloir, c'était les boules de cire au fond du nez pour modifier le timbre de ma voix.

Sarah n'avait pas changé. Le visage rigide renforcé par les cheveux tirés à cause du chignon auparavant dissimulé sous la perruque.

Terrorisée, Claire se redressa et plaqua son dos contre les barreaux de la tête de lit, faute de pouvoir reculer davantage.

— N'aie pas peur ! lui dit Sarah. Je ne te veux aucun mal.

Claire ne la croyait pas. Elle avait renié ses convictions, trahi les Soldats, tué deux des leurs. Ils l'avaient condamnée à mort. Il était évident qu'ils lui avaient tendu un piège et elle, naïve, était tombée dedans à pieds joints.

Pourtant Sarah insista :

– Dieu nous a appris la miséricorde. Les Soldats t'ont pardonné, Claire. Tu es libre. Enfin tu le seras vraiment quand nous t'aurons donné une nouvelle identité.

Claire était abasourdie. Elle ne parvenait pas à la croire.

– Mais pourquoi ? Je ne comprends pas.

– Il n'y a rien à comprendre.

– Que voulez-vous en échange ? demanda Claire, réaliste.

– Simplement que tu retrouves la Foi.

– Mais j'ai la Foi. Je lisais la Bible tous les jours en prison.

– Non, celle-ci n'est qu'un ramassis d'inepties. Seule la Bible de notre Guide Suprême enseigne la vérité. Celle que tu as devant toi sur le lit. C'est très bien d'avoir commencé à la relire.

Sarah s'assit sur le bord du matelas et prit la main de Claire.

– Tu as du potentiel. Tu vas monter dans notre hiérarchie. Nous en sommes persuadés, même notre Guide Suprême voudrait te connaître. Je suis sûre que tu ne nous décevras pas. Ainsi tu trouveras le chemin de la rédemption.

Claire était complètement déboussolée. De « condamnée à mort » elle passait à « adepte à fort potentiel ». Ahurissant !

– N'oublie pas ! Ta fille Emma a guéri grâce aux Soldats. Tu vas la revoir ainsi que Maxence et Louise. Et c'est encore grâce aux Soldats que tu vas retrouver la liberté, la sérénité et la paix dans ton âme.

Revoir ses enfants ! Avait-elle bien entendu ? Oui, c'était bien ce qu'avait dit Sarah. La promesse faite au parloir n'était donc pas un mensonge inventé par les Soldats simplement pour la manipuler !

— Je… je… je ne sais plus. C'est tellement brusque.

— Je te comprends. Prends le temps de réfléchir. Nous allons continuer de parler. Mais d'abord, c'est l'heure de ta piqûre.

— Quelle piqûre ?

— Avec la dose de clonidine que tu as avalée pour faire descendre ton rythme cardiaque, tu as frôlé la mort. C'était le risque à prendre pour te faire sortir. Depuis hier, je t'injecte régulièrement un produit afin que ton cœur retrouve un fonctionnement normal.

— Depuis hier ?

— Ça fait plus de vingt-quatre heures que tu es sortie de prison.

Claire allait de découverte en découverte.

— Je vais chercher la seringue. Essaye de te lever ! Assieds-toi sur la chaise si tu te sens trop faible.

— Bien Madame !

Le « Madame » révérencieux. L'acceptation du retour au tutoiement de la part de Sarah. Claire renouait naturellement avec les vieux réflexes comme au temps de son initiation deux ans et demi plus tôt. L'ascendant de Sarah sur l'ancienne adepte était évident.

Une différence notable, toutefois : le vécu de Claire depuis cette période.

Sarah avait quitté la pièce en laissant la porte ouverte. Une marque de confiance ? Un test ?

Claire sortit du lit. La tête lui tournait. Elle s'empressa de s'asseoir sur la chaise. Elle frissonna, s'interrogeant pour savoir si cette sensation provenait de son cœur qui n'avait pas retrouvé son rythme normal ou du froid ressenti par son corps juste vêtu de la robe de bure.

Ces frissons lui rappelèrent la période de son initiation en plein hiver. Des circonstances bien plus spartiates qu'aujourd'hui, mais qu'elle avait parfaitement supportées. Tout était simple question de volonté.

Sarah revint avec une seringue et un oxymètre.

– Présente-moi ton bras !

Claire s'exécuta, confiante. Si Sarah avait voulu lui injecter du poison, elle n'aurait pas attendu son réveil pour le faire.

D'abord l'oxymètre au bout du doigt.

La lecture du petit affichage montra que le rythme cardiaque était redevenu presque normal.

– C'est parfait. Je changerai le dosage pour les prochaines piqûres.

Sarah présenta la seringue. Claire remonta la manche de sa robe de bure. Quand retrouverait-elle ses anciens vêtements ? Pas un instant elle ne s'avisa de le demander. Et puis, quelle importance ?

– Quand reverrai-je mes enfants ?

– Une chose à la fois. Repose-toi ! Lis ! Prie ! Et on en reparle dès que tu as retrouvé la Foi. Ne referme pas la porte qui s'ouvre sur ta rédemption, Claire !

- 31 -

L'endoctrinement de Claire avait été savamment orchestré par les Soldats de la rédemption, trois ans plus tôt. La lucidité retrouvée au printemps commençait à ressembler à une simple parenthèse. En effet, Claire semblait en passe de se réapproprier certains réflexes encore bien ancrés en elle. La bible de Joseph Johnson ouverte sur le lit, Claire lisait, ou plutôt récitait, en suivant les lignes.

Tout paraissait si naturel.

Une interrogation essentielle subsistait toutefois. Devait-elle de nouveau rallier les Soldats et leur intégrisme extrême ? La lucidité l'en dissuadait.

Mais les Soldats avaient guéri Emma trois ans plus tôt, raison pour laquelle elle les avait rejoints une première fois. Et aujourd'hui, grâce à eux, elle était sortie de prison et elle allait enfin revoir ses enfants. Les Soldats allaient aussi lui fournir une nouvelle identité. Elle serait libre !

Presque trop beau. Tout cela était-il vrai ?

Que faire ? Qui croire ?

Elle pensait très fort à son fils et à ses deux filles. Comment Maxence allait-il affronter les dernières épreuves du bac à la fin du mois ? Savoir sa mère en prison ne contribuait certainement pas à sa sérénité. Quant à Emma et Louise, avaient-elles été capables de garder le secret au lycée ? Elle l'espérait. Si leurs copines apprenaient qu'elles étaient les filles d'une criminelle, Emma et Louise deviendraient rapidement le déversoir de tous les sarcasmes. Les ados se montrent parfois tellement féroces entre eux.

Claire eut aussi une pensée émue et reconnaissante pour ses parents. Heureusement qu'ils étaient là. Le juge leur avait confié provisoirement la garde de leurs petits-enfants. Un moindre mal qui évitait la famille d'accueil.

Enfin apparut l'image de Bruno. Bruno, le soutien de toujours. Bruno pour qui elle avait découvert tardivement, trop tardivement, que le sentiment d'amitié qu'elle éprouvait pour lui était en réalité de l'amour. Bruno. Le reverrait-elle un jour ?

Elle aurait voulu l'avoir à ses côtés pour qu'il l'aide à choisir.

Se jeter une nouvelle fois à corps perdu dans les bras des Soldats ou résister ?

Quel dilemme !

Les Soldats étaient des criminels qui tuaient pour absoudre leurs péchés. Elle en savait quelque chose. Mais en face, que valait la société qui l'avait détruite malgré sa repentance ?

Mentir à Sarah pour revoir ses enfants ou revenir sincèrement parmi les Soldats ?

Claire se sentait perdue.

- 32 -

Golf Club Esery (près d'Annemasse) – 10 h

La Renault Mégane se gara sur le parking réservé aux visiteurs. Bruno et Diane se dirigèrent à pied vers les deux tours rondes percées d'archères, vestige du château médiéval. Ils franchirent le porche derrière lequel se dressait le manoir qui abritait le Club House.

Ils n'eurent pas besoin d'entrer dans l'édifice. Dans la cour, le caddie[1] au volant d'une golfette[2] les interpella :

– Madame, monsieur ! Je suis chargé de vous emmener auprès de la personne avec qui vous avez rendez-vous. Si vous voulez bien monter !

Diane fut surprise d'être elle aussi appelée. En toute logique elle aurait dû être exclue de la rencontre. Elle n'avait en effet aucune raison d'assister à l'authentification du manuscrit. Elle n'était officiellement que la dernière maîtresse en date du professeur d'histoire. Partagée entre la satisfaction de sa présence au rendez-vous et l'interrogation sur cette invitation, elle suivit Bruno

---

[1] Personne qui porte les clubs du joueur de golf.
[2] Appellation familière pour une voiturette électrique servant à se déplacer sur les parcours de golf.

pour s'installer à côté de lui sur la double place arrière de la voiturette.

Le trajet dura une vingtaine de minutes. En d'autres circonstances, les deux passagers auraient pu admirer le paysage champêtre tout au long de la traversée du green, la verdure, les étangs, les obstacles de ce beau parcours de dix-huit trous. Mais leur concentration les en empêchait.

Sans se concerter, leurs mains se serrèrent discrètement sur le skaï de la banquette. Autant pour jouer leur rôle que se sentir plus forts pour affronter la suite des évènements.

Ils évitèrent de parler. Le bruit du moteur électrique était trop silencieux, leur conversation risquait de se porter aux oreilles du caddie.

Plus la golfette s'enfonçait dans les profondeurs du green, plus elle éloignait ses passagers du parking. Joli calcul de leur part, pensa Diane. Terrain dégagé, loin des routes, loin de la voiture. Pas d'échappatoire possible !

Derrière les buissons en bordure de l'étang du onzième trou, un homme observait aux jumelles la golfette qui se rapprochait. Plutôt grand, des cheveux gris avec une calvitie naissante. Il avait remonté ses lunettes rondes sur le front pour bien coller les yeux sur les oculaires. Il était résolument décidé à ne rien négliger dans les étapes de vérification. Pas question de se faire avoir comme la fois précédente avec le faux expert-latiniste !

Martel, conforme à sa photo, était le passager le

plus visible. Il était l'intermédiaire désigné par l'acheteur, mais à cet instant il n'intéressait pas l'homme aux jumelles. C'était Diane Boldini qui le préoccupait.

La golfette s'arrêta. Les passagers descendirent. La jeune femme était désormais visible. Keller tourna la molette des jumelles pour zoomer. En l'observant, il se remémora les derniers éléments récoltés à son sujet.

Les informations du CV tournaient dans sa tête. Il se répéta : Diane Boldini, trente-neuf ans, née à Paris, célibataire, fonctionnaire de l'Éducation nationale…

De derrière les jumelles, il détailla les traits du visage. Aucun doute n'était permis, il y avait bien un problème.

Keller décida d'ajourner le rendez-vous. Il n'emmènerait pas Martel authentifier le manuscrit aujourd'hui comme prévu. Il voulait encore se donner le temps de réfléchir et sans doute apporter une légère modification au programme en raison de ses dernières découvertes.

Diane et Bruno attendaient. Le caddie leur avait demandé de descendre de la golfette et leur avait annoncé qu'on allait venir les chercher.

Les minutes passaient. Soudain le téléphone du caddie sonna. Il décrocha et écouta.

Diane l'observait. Il ne prononça pas un mot, sauf un « d'accord monsieur » final. Il se tourna vers le couple.

– Je dois vous informer que votre rendez-vous est reporté. On m'a demandé de vous ramener à l'accueil.

– Mais pourquoi ? Et quand ? Où ?

– Je n'en sais rien, monsieur. Je suis seulement un employé du golf. Je n'ai pas reçu d'autres consignes que celle de vous raccompagner.

Diane grimaça intérieurement. Pas bon signe tout ça !

La supercherie était-elle découverte ?

Le couple reprit sa place dans la voiturette.

Pourquoi ce changement ? Avaient-ils un doute ? Diane était pourtant persuadée qu'elle et Bruno n'avaient commis aucun impair. Mais peut-être la raison du report était-elle tout autre ?

Dans tous les cas, la situation devenait suffisamment grave pour justifier la prise de nouveaux ordres.

Après avoir repris place dans la golfette, Diane remarqua que le caddie n'avait pas remis le téléphone dans sa poche. Un truc basique que l'on apprend en formation. Tant mieux. Elle allait pouvoir enfoncer le clou. Elle se serra contre Bruno tout en gardant la tête bien droite.

– Je suis contente que ton rendez-vous soit reporté, mon amour. Tu m'avais prévenue que tu profiterais de notre escapade amoureuse pour faire des choses en rapport avec ton travail, mais là je trouve que ça commence à faire trop. Je veux que tu t'occupes plus de moi !

Pas facile de doser, de ne pas tomber dans la caricature de la maîtresse godiche. Rester crédible.

Sans en connaître précisément la raison, Bruno comprit toutefois immédiatement la posture. Des paroles prononcées pour être entendues. De plus en plus à l'aise dans son rôle, il entra dans le jeu avec naturel.

— Oui, tu as raison, ma chérie. Dis-moi de quoi tu as envie !

— Mmmh ! J'ai plein d'idées, mon amour. Mais pas facile de choisir !

Voilà. Laisser la suite ouverte. Le temps de trouver comment renforcer la crédibilité du couple.

Et pour le cas, où en plus, on les observe, la maîtresse embrassa son amant.

De l'autre côté de l'étang, son téléphone à l'oreille, Jean-Luc Keller écoutait la conversation. Il s'interrogeait.

33

Ils descendirent de la golfette. Le trajet à pied jusqu'à la Mégane dura moins d'une minute, un temps amplement suffisant à Diane pour donner à voix basse les consignes de sécurité.

— Pendant notre promenade sur le green, ils ont pu piéger ma voiture. Alors, à part des banalités, tu ne dis rien avant que je te l'autorise.

— Bien cheffe !

C'était sorti tout seul.

— Tiens attrape les clés ! Tu vas conduire !

Il n'osa pas se répéter.

— Dernier point. Tu ne prends pas l'autoroute, mais les routes de campagne !

Ce n'était plus Diane qui parlait, mais l'officier Boldini qui ordonnait ! Elle lui adressa tout de même un sourire avant de monter dans la Mégane.

La programmation de l'itinéraire le plus court sur le GPS les engagea sur la départementale 15 pour leur faire rejoindre Annecy à travers la montagne. Bruno conduisait. Diane avait sorti son flacon de parfum détecteur de micro qu'elle promenait dans l'habitacle.

— Ça va mon amour ? demanda-t-elle.

– Ça va ma chérie.

Sans se concerter, sans le définir explicitement, simplement par répétition, ils avaient instauré un code. « Mon amour » ou « ma chérie » voulait dire : « On est peut-être surveillés, alors on joue ».

– J'ai envie de faire pipi. Dès que tu trouves un coin, arrête-toi, s'il te plaît !

Bruno chercha vainement une signification à la demande. La phrase n'était sans doute pas un code mais l'expression d'un réel besoin naturel.

– Tiens ! Là ! Le renfoncement entre les arbres ! lança Diane.

Bruno s'exécuta. La Mégane ralentit, vira sur la droite et s'arrêta à l'endroit indiqué. Diane déboucla sa ceinture de sécurité, se leva et se retourna pour se mettre à genoux sur le siège. Elle tendit la main au-dessus de la banquette arrière et décrivit un large mouvement avec le flacon de parfum. Puis elle reprit sa place.

– Rien trouvé ! Ça y est, on peut se parler ! dit-elle soulagée. J'aurais une dernière vérification dehors et ce sera bon, mais ça peut attendre.

– Tu crois qu'ils auraient pu dissimuler des micros dans ta voiture pendant qu'on nous promenait sur le golf ?

– Franchement, non ! Mais qu'ils m'autorisent à t'accompagner et qu'ils annulent le rendez-vous au dernier moment, ça me perturbe. Je préfère redoubler de prudence tant que je n'y vois pas plus clair.

Elle ouvrit sa portière, descendit de la Mégane puis s'accroupit.

Dans un souci naturel de bienséance, Bruno détourna pudiquement la tête. Il entendit le rire de Diane.

— Tu peux regarder. L'envie pipi, c'était seulement au cas où on nous écoute.

Dans sa position accroupie, elle tendit le bras sous le châssis de la Mégane. À tâtons, elle actionna un mécanisme qui fit ouvrir une petite trappe derrière laquelle elle retira un objet emballé.

— Qu'est-ce que c'est ? demanda Bruno.

— Je n'arrive plus à savoir ce que j'ai le droit de te dire et ne pas te dire. Mais comme je suis tellement sous pression, j'ai besoin de te parler. Alors, je vais faire comme si tu faisais partie de la maison. Tu ne cafteras pas au colonel ? D'accord ?

Il adorait son sourire après un trait d'esprit.

— Merci pour ta confiance, ma chérie.

— Et ça va, le « ma chérie » n'est plus de mise ! Personne ne nous écoute. On ne joue plus…

Elle poursuivit après une seconde.

— … mon amour.

Ridicule ! Un enchaînement d'humour au rabais ! Mais ça aidait à décompresser.

Elle reprit son sérieux et déballa l'objet.

— C'est un téléphone à carte prépayée. Accès direct au colonel. Utilisation autorisée seulement au premier niveau d'urgence. Et nous sommes arrivés au premier niveau d'urgence.

Bruno allait chaque jour de découverte en découverte. À quand, la mitrailleuse dissimulée derrière la calandre de la Mégane ?

– Je vais demander les nouvelles consignes, continua Diane. Mais avant, je dois procéder à une dernière vérification.

Bruno la regarda faire le tour de la voiture, s'arrêter pour inspecter les boucliers et le dessous des ailes. Elle ouvrit même le capot et le coffre pour terminer son contrôle.

– Avant que tu me poses la question, je te réponds que j'ai cherché des mouchards qui pourraient localiser ma voiture. Je n'ai rien trouvé. Donc, soit je suis parano, soit ça ne les intéresse pas de savoir où nous sommes. Je ne sais plus trop quoi penser de cette situation. Le colonel aura peut-être plus d'idées que moi. Attends-moi, le temps que je lui téléphone !

Elle s'enfonça dans la forêt.

Diane revint au bout de cinq minutes. Pour des raisons de sécurité, la communication avait été courte.

– Alors ? demanda Bruno.

– Je remets le téléphone à sa place. On repart et je t'explique pendant le trajet.

34

– Ça m'a fait du bien de parler avec le colonel. Il est moins inquiet que moi. D'après lui notre couple est au top. On n'a pas commis d'impair et on est tout à fait crédible.

Comment peut-il en être si sûr depuis Paris ? pensa Bruno. Non, elle n'aurait pas…

Il ne put retenir la question :

– Il croit qu'on couche ensemble ? Pour la nuit dernière, ce n'est quand même pas lui qui t'aurait demandé…

Il s'interrompit, suspicieux.

– Non mais ça va pas ! réagit Diane. Comment peux-tu imaginer un instant que j'aurais agi sur ordre ? C'est ma vie privée. Rien à voir avec la mission ! Et puis de toute façon, pour lui, seule la façade compte. Le reste, il s'en fout.

Il apprécia la réponse, rassuré.

– Je vais t'expliquer, continua Diane. Mais d'abord, tu montes en grade. Compte tenu des circonstances, je dois tout te révéler sur le manuscrit pour que tu ne sois pas pris au dépourvu si des initiatives s'imposaient.

Il écoutait, satisfait de la marque de confiance du colonel, mais aussi vexé que celle-ci arrive seulement après plusieurs jours parce que la situation se compliquait.

– Le manuscrit que tu dois authentifier est un papyrus du IIe siècle. Une retranscription en latin de l'évangile de Lazare. Selon l'Apostolique qui le vend, le document a été découvert au fond d'une des nombreuses grottes du massif de La Sainte Baume.

Le cœur de Bruno se mit à palpiter.

L'évangile de Lazare !

Les neurones de l'historien ne firent qu'un tour. En une seconde, il avait tout compris. Il n'existait aucun évangile de Lazare à ce jour. Pour le Vatican, Marie-Madeleine, accompagnée de son frère Lazare, ramenant le corps du Christ en Provence sur son embarcation n'était qu'une légende.

Mais si l'on trouvait une preuve de l'existence d'un évangile de Lazare qui relatait cette histoire, qu'on l'authentifiât, c'était un cataclysme dans le monde religieux.

Un document qui pouvait remettre en cause le fondement de l'Église. Le Christ mort. Son corps transporté comme un simple cadavre. Il n'y avait plus de Résurrection, une des croyances fondamentales de la théologie du christianisme, le cœur de la foi chrétienne !

Voilà pourquoi le Vatican voulait récupérer à tout prix le précieux manuscrit.

Fébrile, il expliqua tout cela à Diane, puis il ajouta :

– Je ne pensais pas qu'avant-hier, en te montrant le décor sous le reliquaire du tibia de Marie-Madeleine, j'étais en plein dans le sujet.

Jusqu'à cet instant, Diane s'était seulement concentrée sur l'objectif à atteindre. Elle en mesurait désormais l'incroyable enjeu.

De son côté, tellement sidéré, Bruno en avait totalement oublié le présent.

L'évangile de Lazare ! L'évangile de Lazare ! se répétait-il. Il se projetait dans le futur. Un évangile apocryphe[1], certes, mais quelle bombe !

– Hé ? Tu m'écoutes ?

Diane avait dû s'y reprendre à deux fois tellement Bruno était absorbé par ses pensées.

– Euh, oui. Excuse-moi ! C'est tellement énorme. L'évangile de Lazare ! Une découverte historique comme on en fait une par siècle !

– C'est bon ? Tu es revenu sur terre ? Alors, écoute la suite : d'après le colonel, soit ils ont eu un contretemps, soit ils veulent être certains que notre couple est bien réel. Donc les ordres sont de charger la mule en attendant qu'ils nous recontactent. On commence par changer d'hôtel. On en choisit un plus conforme à notre escapade. On n'est pas loin d'Aix-Les-Bains. Que dirais-tu d'une balnéo au bord du lac ? J'ai carte blanche. On ne va pas se priver. Ce sera en cohérence avec notre relation maîtresse-amant et avec les exigences

---

[1] Un évangile apocryphe est un évangile non reconnu par l'Église.

qu'ils m'ont entendu réclamer au golf. J'espère que ça te convient.

Bruno n'avait pas encore totalement atterri, mais il acquiesça. De toute façon, depuis deux jours, tout ce que décidait Diane lui convenait.

Deux heures plus tard, ils quittaient le *Première Classe*, direction *Les Suites du Lac* à Aix-les-Bains. Cette fois-ci, tout se faisait au grand jour. Bruno avait appelé le luxueux hôtel pour la réservation. Diane conduisait.

Le téléphone de Bruno sonna.

– Merde ! C'est Fabrice, annonça-t-il à la conductrice.

– Tu prends ! Et souviens-toi de ce qu'on a dit !

– Salut vieux frère ! commença Fabrice. Je pensais te voir ce matin. Mais j'ai appris que ta conférence était reportée. Ne me dis pas que tu es toujours en vacances avec ma future chérie ?

Il était lourd ! Très lourd !

– Salut Fab ! Eh bien si ! Le contrat de Diane pour remplacer Martine s'arrêtait vendredi, ma conférence était reportée, alors on a décidé de prolonger. Ça matche vraiment bien tous les deux. Et je pense que tu devrais abandonner parce que je lui ai parlé de toi. Tu n'as aucune chance. Elle ne peut pas te saquer.

– Oh la salope ! Elle est conne. Elle ne m'a pas encore vu à l'œuvre au lit.

– Pourquoi faut-il que tu ramènes toujours tout au sexe, Fab ?

— C'est toi qui dis ça, vieux frère ? Tu as bien changé. Mais tu verras. Cette nana, je la mettrai dans mon lit plus tôt que tu ne le penses. Je l'ai décidé. Je n'abandonne pas. Je t'ai dit, j'en suis raide dingue.

— Lâche-moi Fab, s'il te plaît !

— Dis-moi où vous êtes ! Toujours dans le Midi ?

— Non, Fab ! Je ne te le dirai pas. Fous-moi la paix maintenant !

— Bon, d'accord. On va faire comme avec Tatiana, la Russe de l'an dernier. Je te parie deux cents euros que je te pique ta meuf avant la fin du mois. Tu te souviens ? J'avais gagné avec la Ruskof.

— C'est toi qui l'affirmes ! On ne l'a plus jamais revue. De toute façon, je ne fais plus ce genre de pari stupide. Allez, salut, Fab !

Bruno raccrocha. Au volant, Diane n'avait entendu que les paroles de Bruno, mais elle avait parfaitement saisi le contexte de la conversation.

— Quel pot de colle ! déplora-t-elle.

— Ne te plains pas ! Ton colonel aurait pu le choisir à ma place pour la mission. Il est encore plus pointu que moi en latin.

Elle n'osa même pas imaginer l'hypothèse.

— C'est quoi, ce pari stupide qu'il t'a proposé ? renchérit-elle.

— Qu'il couche avec toi avant la fin du mois !

Elle était partagée entre la gravité du moment et le comique des paroles du collègue de Bruno.

— Tu aurais pu parier. Tu aurais gagné. En tout cas, tu as été parfait pour expliquer notre situation et tu as bien fait de l'envoyer balader. Il est carrément gonflant ce type.

– Il a toujours été comme ça. Une vraie sangsue, mais le pire c'est que sa technique de conquête à l'usure fonctionne. Si tu connaissais son tableau de chasse !

– Meilleur que le tien ?

Bruno pensa avec retard qu'il aurait dû s'abstenir de son commentaire.

35

Quelque part dans la montagne

De chaque côté de la route, les sapins se raréfiaient. Perché au sommet de l'anticlinal, dernier rempart naturel avant la Suisse, l'imposante silhouette du fort Tramons apparut. La frontière passait à moins d'un kilomètre. Cet ancien édifice de la fin du XIXe siècle avait perdu son rôle défensif pour la République, mais n'en conservait pas moins un caractère martial en raison de ses hautes murailles capables de résister à tous les assauts.

La Mercedes s'arrêta devant l'immense portail. Le conducteur en descendit pour s'exposer aux caméras d'identification récemment installées.

Paranoïa délirante du propriétaire des lieux, en démesure comme le reste, mais Jean-Luc Keller n'avait pas d'autre choix que de se conformer aux règles de sécurité surdimensionnées.

Une fois reconnu par les caméras, il remonta dans la voiture. Le portail s'ouvrit, laissant la Mercedes pénétrer dans la cour d'honneur du fort, puis se referma.

— Bonjour Commandeur, lança

respectueusement le garde malgré l'impressionnant fusil mitrailleur qu'il portait en bandoulière.

— Bonjour. Je suis attendu par le Guide Suprême.

— Oui. J'ai été prévenu. Vous êtes seul ?

— Oui.

Keller sortit de sa voiture

Second contrôle : le portique de sécurité. Copie conforme à l'accès des salles d'embarquement dans les aéroports. Keller vida ses poches et son sac. Il déposa tous les objets métalliques dans le panier prévu à cet effet. Lorsqu'il s'engagea pour franchir le portique, une sonnerie retentit. Le garde releva son fusil mitrailleur. Les consignes de sécurité s'appliquaient, quel que soit l'arrivant, fût-il un Commandeur. L'homme armé s'adressa au visiteur.

— Excusez-moi Commandeur, mais vous ne pourrez pas passer tant qu'on n'aura pas trouvé ce qui déclenche l'alarme. Chaussures ? Montre ?

— Je crois savoir.

Keller ouvrit sa veste et déboucla sa ceinture qu'il retira des ganses de son pantalon pour la poser dans le panier avec les autres objets. Il repassa le portique qui, cette fois, resta silencieux.

— Je peux la reprendre ?

— Malheureusement non, Commandeur. Seulement quand vous repartirez.

Keller cacha sa colère, espérant ne pas perdre son pantalon en marchant pour se rendre dans le grand salon. La sécurité excessive dont s'entourait le Guide Suprême l'exaspérait. Joseph Johnson avait instauré ces procédures depuis qu'il avait échappé à un attentat. Désormais, il entretenait la phobie chronique d'être assassiné.

Après un dernier contrôle au moyen d'une caméra radiométrique, le garde accompagna Jean-Luc Keller jusqu'au grand salon. Une vaste pièce avec des fauteuils, des canapés et plusieurs tables basses. De nombreux tableaux, dont plusieurs toiles de maître ornaient les murs. De somptueux tapis recouvraient le sol.

Un endroit convivial pour se rencontrer et échanger qui possédait toutefois une particularité : l'immense paroi transparente qui coupait la pièce en deux, d'un mur à l'autre. Une vitre blindée à l'épreuve des balles !

Jean-Luc Keller s'installa dans le fauteuil le plus proche de la paroi de verre et attendit. De l'autre côté de la vitre, la porte au fond de la pièce s'ouvrit. Bracha entra. Bracha, la fidèle parmi les fidèles. Elle était vêtue de noir de la tête aux pieds. Keller l'avait toujours connue ainsi. Sans âge, elle était un peu la gouvernante du Guide Suprême.

La femme s'approcha du fauteuil qui faisait face au Commandeur. Elle prit les deux coussins et les tapota pour leur redonner forme.

Le rituel était toujours le même. Quelques secondes plus tard, Joseph Johnson arrivait. Il portait sa grande toge d'apparat ornée de dorures. L'ampleur du vêtement ne dissimulait rien de l'obésité hors-norme du Guide Suprême.

Bracha l'aida à s'asseoir dans le fauteuil, puis repartit.

Conformément au protocole, Keller s'était levé à l'arrivée du Guide Suprême et s'était incliné respectueusement pour le saluer.

Bracha revint, suivie d'un jeune homme vêtu de la traditionnelle robe de bure de la secte. Keller fut surpris de revoir l'adepte déjà présent la semaine précédente. Sans doute le jeune homme aux allures androgynes possédait-il des talents cachés, à moins que le Guide Suprême s'assagisse avec le temps. Peu probable.

— Viens ici, mon ange, lui ordonna Johnson.

Ange était aussi son prénom. Il s'agenouilla à côté du Guide et posa la tête sur sa cuisse.

Enfin la conversation pouvait débuter.

Le système audio avec micros et haut-parleurs de part et d'autre de la vitre permettait à chacun de parler et d'entendre comme s'il était face à l'autre.

Bracha remplit un verre et l'apporta au jeune adepte. Celui-ci en but la moitié, puis le tendit au Guide Suprême qui attendit un long moment avant de le porter à la bouche. Phobie de l'empoisonnement.

Une fois désaltéré, Joseph Johnson commença par une raillerie envers Keller :

— L'Apostolique ! Ce pseudo que tu as choisi afin de garder l'anonymat auprès de l'acheteur m'a toujours amusé. Bon, passons aux choses sérieuses ! Je suis contrarié. Ne devais-tu pas justement m'amener aujourd'hui l'émissaire de l'acheteur ?

— Normalement si, Guide Suprême. Mais je

souhaite régler quelques détails pour ne prendre aucun risque.

Que ce fût vrai ou faux, il savait que par ces paroles, il touchait une corde sensible

— Dans ce cas tu as bien fait. L'émissaire serait-il encore un flic déguisé comme l'autre fois ?

— Non, c'est un vrai professeur d'histoire avec une chaire à la Sorbonne. Nous l'avons validé. Il est accompagné par sa secrétaire qui est aussi sa maîtresse.

— Alors où est le problème ?

— Je m'assure que l'environnement pour la transaction est sécurisé, mentit Keller. Et puis faire mariner l'acheteur n'est pas mauvais non plus.

Inutile de lui parler de la vérification très poussée de l'identité de Diane Boldini qu'il avait entreprise ni des interrogations qu'il entretenait. Il ne souhaitait pas entrer dans le détail.

— Ne le fais pas trop mariner. Nous n'avons plus que lui. Les autres candidats se sont retirés des enchères.

— Oui, je sais, Guide Suprême. Mais, je vous prie de m'accorder encore quelques jours pour les dernières vérifications !

— D'accord ! Je te rappelle que tu as pris aussi un autre engagement envers moi.

— Oui, Guide Suprême. Il sera respecté. Certainement avant la venue de l'acheteur.

Joseph Johnson caressa la tête d'Ange toujours posée sur sa cuisse.

— Notre entretien est terminé, Commandeur, conclut-il en ponctuant sa phrase par un signe en direction de Bracha.

La gouvernante pressa le bouton de la télécommande qu'elle avait dans la main.

Keller vit le rideau métallique descendre le long de la vitre depuis le plafond. Il imaginait parfaitement pourquoi le Guide Suprême souhaitait de l'intimité pour la suite.

Le Commandeur se leva du fauteuil et quitta la pièce, accompagné du garde. Il ne fut pas fâché de remettre sa ceinture. Il récupéra le reste de ses affaires et rejoignit sa Mercedes.

Le Guide Suprême n'avait pas mal pris le report du rendez-vous. Il était temps de rentrer. Il avait hâte de savoir si tout se passait bien avec Claire Lachard.

36

Fabrice Ligier poussa la porte du bureau du doyen.

— Salut Marc ! lança-t-il à celui qui avait été naguère son collègue. Je n'arrive pas à trouver Diane, le joli petit bout qui remplace Martine.

— Salut Fabrice ! Tu ne changes pas ! Tu ne la trouveras pas, elle a terminé vendredi soir.

— C'est embêtant, ça, elle devait me relier le dossier d'un étudiant. J'ignore où elle l'a fourré. Peut-être que Martine le sait, mais je ne l'ai pas vue aujourd'hui.

— Non, Martine ne revient de sa formation que la semaine prochaine.

— Vraiment embêtant, ça ! Ah mais, je pourrais peut-être joindre Diane. Tu n'aurais pas son numéro ?

— Non, désolé. Vois ça avec le pôle administratif, ils doivent avoir ses coordonnées dans son dossier !

— OK. Merci Marc !

Il quitta le bureau du doyen.

Mais oui, bien sûr ! Pourquoi n'y ai-je pas pensé plus tôt ?

Le grand blond retourna au secrétariat, satisfait.

Il ferma la porte et s'installa devant l'ordinateur. C'était l'unique PC de l'étage où l'on pouvait accéder aux dossiers administratifs moyennant un identifiant autorisé, et il y avait bien longtemps que Fabrice avait récupéré celui de Martine.

Il pianota pour entrer dans le fichier du personnel. Martine avait accès aux informations non confidentielles.

Fabrice parlait tout seul en chantonnant :

– Lalala ! Mademoiselle Boldini, ça y est, je vous ai trouvée. Mmmh ! Ravi de faire ta connaissance, Diane ! Allez, on se tutoie cette fois ! Tu es très jolie sur ta photo. Voyons voir ton pedigree ! Trente-neuf ans… Tu ne les fais pas. Célibataire… Je n'en ai pas douté une seconde. Pas d'enfants, c'est logique. Des études de droit. Bien ! Continuons à faire connaissance. Voyons voir ! Le téléphone, l'adresse. On habite à Paris, Diane, c'est parfait, ce sera plus commode.

Fabrice parcourut la fiche d'identification jusqu'à la fin. Une fois tous les renseignements mémorisés, il avait l'impression de mieux connaître la secrétaire remplaçante.

Il possédait désormais son adresse et son téléphone. Mais, malheureusement, ces informations ne lui servaient à rien pour l'instant.

Il eut soudain une idée : Paul ! Paul, le copain banquier, ou presque. C'est toujours utile d'avoir un pote qui bosse au GIE Carte Bancaire.

Il composa son numéro de téléphone.

– Salut Paul ! C'est Fab. Je voudrais faire une surprise à Bruno. Il est en vacances dans le Sud. Tu peux me dire dans quel hôtel il est descendu.

— Putain, Fab ! Ce n'est pas parce qu'une fois je t'ai arrangé un coup avec une de tes nanas. Ce sont des infos confidentielles. Je n'ai pas le droit, tu le sais bien.

— Allez, Paul ! Bruno déprime en ce moment. Je veux aller lui remonter le moral. Dis-moi où il est ! Tu feras une bonne action.

— Bon, dernière fois alors ! Bien sûr, tu n'as pas le numéro de sa carte sous les yeux !

Fabrice attendit quelques instants. Puis Paul reprit la parole :

— Tu as du bol qu'on soit en temps réel avec les transactions. Il y a une heure je t'aurais dit que Bruno avait payé sa chambre dans un *Première Classe* à Cran Gevrier.

— C'est où ça ?

— Vers Annecy. Mais laisse tomber ! Une transaction vient juste de remonter. Elle date de cinq minutes. Bruno a fourni son empreinte carte bleue pour dépôt de garantie aux *Suites du Lac* à Aix-les-Bains.

— Merci Paul ! T'es vraiment un pote !

- 37 -

Aix-les-Bains – 15 h

Diane et Bruno avaient pris possession de leur chambre aux *Suites du Lac*. Après avoir demandé conseil à la réception pour une virée shopping, ils avaient porté leur choix sur les boutiques du centre-ville. Quelques ostensibles câlins dans le hall de l'hôtel et ils étaient partis faire des achats.

– On la joue *Pretty Woman*[1], avait annoncé Diane. Et surtout sans se cacher !

Les actes avaient suivi les paroles. La carte bleue du prof d'histoire pouvait en témoigner.

Le couple déambulait devant les vitrines des nombreux commerces de la rue de Genève quand Diane lança subitement :

– J'y pense, il me faut un maillot pour profiter de la piscine de l'hôtel. Viens m'aider à le choisir !

Ils pénétrèrent dans la boutique *RougeGorge*. Le choix de la jeune femme se porta sur un deux-pièces à nœuds, couleur cerise. Bruno ne put qu'approuver. Elle fit un tour dans les rayons avant de passer en caisse. Elle déplia, détailla, replia. Bruno la regardait faire. C'est alors qu'elle appliqua

---

[1] Film de Garry Marshall avec Julia Roberts et Richard Gere.

contre son buste une nuisette de tulle noir en la tenant par les brides.

— Qu'est-ce que tu penses de ça ? J'ai bien envie de la prendre.

— Tu crois ? Pourtant je te préfère avec ton pyjama bien fermé ? lui répondit Bruno avec un soupçon d'humour. C'est plus prudent.

La mise au point au moment du réveil avait été si bien intégrée par l'un et par l'autre qu'ils prenaient désormais le risque de plaisanter sur le sujet.

Bruno s'interrogeait tout de même. L'achat de la nuisette plutôt sexy était-il seulement un jeu pour tromper l'ennemi ?

— Plus sérieusement, j'ai hâte de te la voir porter, rectifia-t-il.

Avait-il lui aussi prononcé cette phrase uniquement pour coller à son personnage ?

Il observait Diane hésiter entre deux modèles avant de faire un choix définitif.

Elle était surprenante et à double facette. Bruno la trouvait sans conteste totalement femme dans cette boutique de lingerie. Mais quand elle redevenait le capitaine Boldini, elle était autoritaire et directive comme un mec, presque virile, avait-il envie de dire en osant le stéréotype.

Dans tous les cas, il aimait bien les deux facettes.

Ils rentrèrent aux *Suites du Lac* et passèrent un moment sur la terrasse, espérant un nouveau contact de l'Apostolique. Mais hélas personne ne se manifesta ! Il était encore tôt pour aller dîner.

Ils remontèrent dans la chambre. Bruno alluma

la télévision.

— Tu ne vas pas nous mettre un de tes feuilletons, lança Diane.

Elle commençait à bien le connaître. Il se résigna et posa la télécommande laissant la chaîne d'information en continu déverser son flot d'actualités :

Marche blanche pour Manon.

Le reportage montrait une manifestation silencieuse. En tête, la famille tenait une photo grand format de Manon. Un journaliste commentait en voix off :

« Hier, la famille et les proches de Manon ont défilé dans les rues du petit village de Lajoux dans le Jura. Une marche digne pour ne pas oublier Manon disparue depuis deux mois déjà. »

Un bref résumé rappelait les faits : le 11 avril, Manon, dix-huit ans, était partie à bicyclette rendre visite à sa cousine. Elle n'était jamais arrivée à destination. On avait découvert son vélo en bordure d'un bois le long de son trajet. La piste criminelle était privilégiée. Malheureusement l'enquête piétinait. Le téléphone portable de la jeune fille retrouvé près de la bicyclette n'avait rien livré d'intéressant : aucun message ni conversation susceptibles d'identifier un possible agresseur. Et aucune trace ADN suspecte n'avait été relevée sur le vélo.

— C'est dégueulasse ! commenta Diane. Il faut être réaliste : la fille doit être morte aujourd'hui. Le type qui a fait ça ne mérite pas de vivre.

Cette fois, c'était la femme qui parlait, pas l'officier militaire. Bruno acquiesça.

Ils regardèrent la suite des informations pour connaître le reste de l'actualité du jour, puis éteignirent la télé.

L'attente se prolongeait. Ils se seraient volontiers rendus à la piscine, mais y renoncèrent en raison de l'orage qui menaçait. Diane consulta la carte des services de l'hôtel et proposa à Bruno une découverte de l'espace bien-être pour patienter jusqu'au repas. Elle rangea ses lunettes dans leur étui.

Ils se vêtirent chacun du peignoir blanc en éponge mis à leur disposition par l'hôtel et descendirent à l'espace bien-être situé au sous-sol. Sur les conseils de l'hôtesse, ils choisirent le forfait « détente à deux ». Ils commencèrent par le bain à remous et enchaînèrent avec le hammam.

La dernière prestation était le massage duo.

Les deux tables étaient espacées d'un mètre. Allongés sur le ventre, ils s'abandonnèrent aux mains expertes de leur masseuse pour un modelage d'une trentaine de minutes.

Bruno avait naturellement incliné la tête du côté droit. Diane avait fait de même du côté gauche.

Dorlotée, envoûtée par le parfum des huiles, Diane oublia un instant l'Apostolique. Elle s'interrogeait : après la mission, que deviendrait sa relation avec Bruno ? Resteraient-ils amis ? Se perdraient-ils de vue ? Elle pensa à Claire. À l'amour phénoménal que Bruno lui portait. Le colonel avait-il réussi à lui transmettre la lettre ? Obtiendrait-il un assouplissement des conditions de détention ? Quant à la possible libération, elle se demandait bien comment le colonel allait s'y prendre !

Il est parfois des moments étranges qui se répètent. À cet instant, Diane songeait à Claire, alors que Bruno n'y pensait pas. Il ne l'avait certes pas oubliée, mais se laissait porter lui aussi par le bien-être prodigué par le massage californien. Rien d'autre n'occupait son esprit.

– Voilà, madame. Voilà, monsieur. C'est terminé. Prenez votre temps pour vous relever.

Toutes les bonnes choses ont une fin. Ils se redressèrent, restèrent quelques instants assis sur leur table de massage, puis remirent leur peignoir.

Ils gagnèrent l'ascenseur en se tenant par la main. Saisir toutes les occasions pour s'afficher en couple amoureux, avait dit le colonel. Si un doute existait chez le vendeur, il fallait le lever.

- 38 -

Quelque part dans l'Ain – mardi 9 juin 5 h

— Réveille-toi et lève-toi !

Le plafonnier qui s'éclaire. L'ordre de Sarah. Claire fut seulement surprise par la lumière et la voix. En effet, elle ne dormait pas tant son esprit était occupé à se torturer. Elle repoussa la couverture et se redressa, s'interrogeant sur la raison qui conduisait Sarah à la faire lever. Elle n'avait aucune notion de l'heure, mais imaginait à juste titre qu'il devait être tôt.

— Ton bras !

Elle le tendit comme la veille au soir. L'ancienne infirmière qu'était Sarah piqua dans la veine puis injecta le produit. Plus besoin de traiter la bradycardie[1], le cœur avait retrouvé son rythme normal. Désormais, la seringue contenait une simple solution de thiopental sodique destinée à rendre Claire calme et plus influençable.

Sarah avait apporté un sac. Elle en tira des vêtements qu'elle posa sur le lit.

— Maintenant, habille-toi !

---

[1] Ralentissement des battements du cœur.

– Je vais sortir ?

– Tu le verras bien. Dépêche-toi !

– Oui Madame. Est-ce que je peux me laver avant ?

– Non, on n'a pas le temps !

Claire n'insista pas. Sans faire cas de la présence de Sarah, elle retira sa robe de bure et attrapa les habits sur le lit. Un trousseau neuf et complet : des sous-vêtements, un chemisier, un pantalon et une paire de baskets. Tout était à la bonne taille, du soutien-gorge jusqu'aux chaussures.

– Tu ajouteras aussi ceci, dit Sarah en lui tendant une perruque blonde à cheveux longs.

Claire n'eut plus aucun doute, elle allait sortir de ce trou. Mais pour faire quoi ?

Cinq minutes plus tard, accompagnée de Sarah, Claire quitta sa chambre souterraine pour rejoindre la cuisine au rez-de-chaussée de la maison. Elle ne fut pas surprise de trouver Jean-Luc, le mari de Sarah qui s'installait à la table.

– Bonjour Claire.

– Bonjour Monsieur.

Une déférence devenue réflexe. Le couple Keller qui l'avait guidée sur les chemins de la Foi et convaincue de rejoindre Engelmatt pour être initiée[1]. Tout semblait désormais si simple.

– Tu es méconnaissable en blonde, continua Jean-Luc. Tu vas prendre le petit déjeuner avec nous. Je tiens aussi à te féliciter pour ton retour

---

[1] Du même auteur : Le Prisonnier de l'île aux pécheurs.

parmi nous.

Je n'ai pourtant pas encore donné ma réponse, se dit-elle. *Il doit bien le savoir. Peut-être l'imagine-t-il déjà en raison des bonnes dispositions que je leur montre depuis hier ? J'en suis moi-même surprise.*

Le petit déjeuner pris à plusieurs rappela à Claire le monde d'avant la prison. Une impression de liberté.

Ils allaient quitter la maison quand Sarah arrêta Claire dans le couloir.

— Pour des raisons que tu comprendras, je dois te bander les yeux. Tourne-toi !

— Vous ne voulez toujours pas me dire où on va, Madame ? demanda Claire en pivotant pour faire face au mur.

Elle obtint pour seule réponse un plongeon dans le noir à cause du foulard que Sarah lui posa sur les yeux et lui noua derrière la tête.

Claire sortit de la maison d'un pas hésitant, guidée par Sarah.

Jean-Luc s'installa au volant de la Volkswagen qui arborait un autocollant *Hertz* sur le pare-brise. Les deux femmes montèrent à l'arrière.

Combien de temps dura le voyage ? Une heure ? Deux heures ? Difficile à dire. Aucun repère possible. Silence total dans l'habitacle et pas d'autoradio.

Enfin l'impression d'arriver quelque part.

Ralentissement, route cahoteuse et arrêt. Claire sentit les doigts de Sarah dénouer le foulard. Elle recouvra la vue. Les trois passagers sortirent de la voiture.

Claire observa autour d'elle. Des bosquets, quelques grands arbres, un chemin de terre.

Où l'avait-on amenée ? Et pourquoi ?

Jean-Luc regarda l'heure sur son téléphone et dit à Sarah :

— Tu peux y aller tranquillement. De mon côté, j'envoie les mails.

Sarah s'installa au volant de la Volkswagen. Elle s'affubla de la perruque rousse et des lunettes épaisses, les mêmes qu'elle portait quand elle se rendait au parloir de la prison de Rennes, puis elle partit seule.

L'inquiétude s'empara de Claire quand elle entendit Jean-Luc lui dire :

— À nous deux maintenant. Suis-moi !

- 39 -

Paris

Le colonel posa sa canne. Il venait d'apprendre l'évasion de Claire Lachard survenue deux jours plus tôt.

C'était rageant. D'autres avaient réussi à sa place le projet qu'il avait un instant envisagé et rapidement abandonné. Trop de complications en cas d'échec !

Rageant mais pas dramatique. En effet, pragmatique, le colonel trouvait que Martel s'acquittait très bien de sa mission. Il avait craint à un chantage en cours de route, mais non, Martel n'avait pas profité de la situation. Finalement l'évasion de Claire Lachard était sans impact sur l'objectif. Le professeur d'histoire devait toutefois ignorer l'évènement pour ne pas compliquer les choses. Mais vu le secret réclamé en haut lieu autour de cette évasion, il n'y avait aucune raison de s'inquiéter.

Par ailleurs, l'officier supérieur se donnait bonne conscience : il avait tenu parole en obtenant une dérogation pour que la lettre de Martel soit remise à Claire Lachard. Seul problème : la missive était arrivée au centre pénitentiaire le lendemain de l'évasion. Quant à la demande d'autorisation de visite, il avait lancé la procédure auprès du juge via le ministère. Mais à la lumière des informations reçues, la démarche devenait évidemment caduque.

Qu'importe, le colonel avait rempli sa part du contrat moral passé avec le professeur d'histoire. Les évènements connexes qui pouvaient interférer sur le résultat n'étaient pas de sa responsabilité et surtout n'étaient pas son problème !

Restait la question : qui avait monté l'ingénieux projet d'évasion de Claire Lachard et pourquoi ? Le ou les auteurs avaient agi en professionnels. Une absorption de clonidine à dose calculée pour simuler un arrêt cardiaque, ça ne s'improvise pas ! Quant au gardien qui accompagnait la détenue, il avait été froidement éliminé ! Son corps avait été retrouvé le lendemain de l'évasion dans un fossé de bord de route. L'autopsie avait révélé une injection de curare.

L'hypothèse de la SDAT d'une exfiltration organisée par les Soldats de la rédemption pour soustraire Claire Lachard à la justice légale et lui faire un procès sectaire n'était pas à exclure.

Le colonel restait indifférent à cette éventualité à condition qu'elle ne vienne pas interférer dans la mission Boldini-Martel !

- 40 -

Après lui avoir retiré sa perruque blonde, Jean-Luc avait entraîné Claire dans le bois. Elle avait obéi, incapable de réagir autrement. Il lui avait ordonné de s'agenouiller sur une souche morte pour réciter le livre cinquième de la bible du Guide Suprême. L'ancienne adepte n'avait eu aucun mal à retrouver dans sa mémoire l'extrait réclamé ainsi que les suivants.

Depuis près d'une heure, le dos tourné, elle récitait les textes sacrés.

Le Commandeur Jean-Luc Keller l'observait, confiant.

Selon lui, elle était déjà prête. Mais il avait tenu à s'en assurer. L'enjeu était trop important pour prendre le moindre risque.

Lorsqu'il entendit le bruit de moteur, il interrompit Claire dans ses récitations.

— Relève-toi et viens !

Elle s'exécuta. Ils retournèrent jusqu'au chemin et virent la Volkswagen arriver.

— Avance vers la voiture ! ordonna Jean-Luc tandis que lui restait dissimulé derrière les buissons.

La Volkswagen s'arrêta. Les quatre portières s'ouvrirent.

Claire crut qu'elle rêvait.

158

– Maman ! Maman !

Emma et Louise coururent les premières vers leur mère et se jetèrent sur elle. Maxence joua un instant à l'adolescent posé en marchant lentement. Mais rattrapé par l'émotion, il ne tint pas sa posture plus de quelques secondes et se précipita à son tour vers sa mère.

Tous les quatre s'enlacèrent.

– Maxence, Emma, Louise ! Vous êtes là. Je n'arrive pas à y croire. Oh merci mon Dieu ! Merci !

– Maman ! Maman ! Oh Maman, je suis trop contente de te retrouver !

– Maman ! Tu nous as manqué !

Des larmes de joies ruisselaient sur toutes les joues.

Sarah assistait à la scène sans témoigner de la moindre émotion, mais pleinement satisfaite de l'évènement. Elle attendit que les cris et les pleurs s'estompent pour annoncer :

– Tu as une demi-heure pour les serrer dans tes bras et parler avec eux. Pas plus !

Claire aurait tant voulu une heure, une journée, une semaine, mais elle comprit qu'elle devait se montrer raisonnable. Et puis, cette demi-heure valait déjà un siècle !

Emplie d'une émotion toujours bien présente, la petite famille s'assit par terre en bordure du chemin pour parler. Claire éluda les questions délicates liées à la prison. Elle laissa à ses enfants beaucoup d'espoir sur l'avenir, en se faisant violence pour y croire elle-même.

Elle leur demanda des nouvelles du lycée, de papy et de mamie, et aussi s'ils s'étaient fait de nouveaux copains à Dijon. Ils parlèrent de tout, de rien.

Elle se sentit rassurée en découvrant ses enfants moins perturbés qu'elle ne le craignait.

Tous s'emplirent du bonheur de l'instant présent.

La demi-heure fut hélas vite passée !

Claire serra une dernière fois ses enfants contre elle en les couvrant de baisers :

— Je vous aime très fort !

Une ultime embrassade puis Maxence, Emma et Louise remontèrent dans la Volkswagen.

Les yeux embués de larmes, Claire regarda la voiture partir et disparaître derrière les arbres.

Jean-Luc Keller sortit de sa cachette. À part leur mère, les adolescents n'avaient vu que la femme rousse avec des lunettes épaisses que la police identifierait comme la visiteuse de la prison. Les faux mails des grands-parents annonçant au lycée l'absence au cours de la matinée étaient passés par un proxy[1] d'Europe de l'Est. Et la Volkswagen avait été louée avec de faux papiers. Rien qui ne

---

[1] Un serveur proxy est une machine qui fait l'intermédiaire entre un matériel et Internet, permettant ainsi de rendre l'utilisateur anonyme.

puisse guider la police sur une quelconque piste.

Le Commandeur Keller pouvait se montrer satisfait.

Sans rien demander, il obtint une preuve supplémentaire de sa réussite : Claire se jeta en larmes à ses pieds. Elle lui attrapa le genou et se serra contre sa jambe.

– Oh merci Monsieur ! Merci, merci, merci ! Et pardon !

Le Commandeur retint un sourire. Claire Lachard était définitivement prête.

Aix-les-Bains – 9 h

Au sortir d'une nuit pleine de sagesse dans l'immense lit, Diane se leva la première et ouvrit les doubles rideaux de la porte-fenêtre qui donnait sur le balcon de la chambre.

– Debout flemmard !

Bruno ne pouvait pas imaginer un réveil plus éblouissant. La lumière du jour qui traversait la nuisette révélait par transparence le corps de la jeune femme. Apprécier la scène, mais pas plus ! À cet instant, il pensa à certains préceptes hindouistes : l'homme doit savoir maîtriser son désir sexuel pour transcender et accéder au divin. Dans son cas, le divin, c'était Claire.

– Je t'annonce le programme du jour, continua Diane.

Revoilà le capitaine Boldini, pensa Bruno. *Tant mieux !*

Elle enchaîna :

– Pour commencer, petite séance de culture physique pour moi. Encore que, si tu t'y mettais toi aussi, ça ne pourrait pas te faire de mal ! On enchaîne par le petit-déj en bas. Je ne te cache pas que j'aurais préféré le prendre au soleil sur le balcon. Mais il faut se montrer. Ensuite piscine. Si toujours pas de contact d'ici midi, repas en terrasse et re-piscine ! Ils nous savent à l'hôtel, c'est certain. Donc pas d'autres solutions que d'attendre. Regarde régulièrement ton téléphone, au cas où ils aient choisi l'option rendez-vous par SMS !

— Bien cheffe !

— J'espère juste qu'ils jouent avec nos nerfs et surtout qu'ils n'ont aucun soupçon.

— À la façon dont on s'affiche en public, ils ne devraient pas avoir de doutes.

Bruno sortit du lit. Il passa le premier par la salle de bains. Puis ce fut le tour de Diane. Quand elle en ressortit, elle traversa la chambre en petite tenue, pour aller fouiller dans son sac de voyage afin de prendre des vêtements.

— J'espère que la blanchisserie se montrera rapide pour le lavage, je n'ai presque plus rien de propre.

Leur séjour se prolongeant, ils avaient dû se résoudre à utiliser les services de l'hôtel pour laver leur linge.

— Tu n'as qu'à rester comme ça ! plaisanta Bruno. Je te trouve très belle !

Il était sincère.

— Je ne partage pas ton avis. Mais merci.

— Je ne connais pas une femme qui soit satisfaite de son corps. Alors, dis-moi ce qui ne te plaît pas chez toi !

— Mes proportions. Avec mon mètre soixante, je ne suis pas extrêmement grande et je trouve mes cuisses et mes fesses trop grosses.

– Tu rigoles. Elles sont musclées, c'est tout.

Elle se surprit à poursuivre la conversation sur son anatomie. Jamais elle n'avait eu autant d'intimité avec un homme. Peut-être à cause de cette situation désexualisée invraisemblable.

Quoi qu'il en soit, elle appréciait cette complicité. Bruno était exceptionnel. Pourquoi n'était-il pas conforme à son dossier ? Où était l'homme à femmes, le collectionneur de conquêtes, le macho ? À cause de Claire ? Non, un homme ne change pas comme ça du jour au lendemain. Pourquoi ces interrogations ? La peur de basculer vers quelque chose d'interdit ? Une crainte qu'elle n'aurait jamais ressentie si Bruno s'était montré moins prévenant, moins aimable. Mais finalement, pourquoi se posait-elle toutes ces questions ?

Ne pas tomber amoureuse !

Non. Aucun risque ! Je m'en tiens à ma ligne de conduite. Bruno est un coéquipier sympa avec qui je n'ai même pas fait l'amour. Et puis de son côté, il n'y a pas d'ambiguïté. Il est attaché corps et âme à Claire !

Non vraiment, je n'ai aucune raison de tomber amoureuse !

Elle voulait avant tout se convaincre.

- 42 -

15 h

Claire avait retrouvé sa chambre humide. L'image de la rencontre avec ses enfants illuminait encore son esprit.

Tout avait changé. Elle se sentait libérée et… libre.

Pour preuve, la porte restait désormais grande ouverte sans qu'elle éprouve le besoin de la franchir.

À son retour, elle avait été heureuse de se débarrasser de ses vêtements de ville pour renfiler sa robe de bure. Puis elle l'avait de nouveau quittée pour la donner à Sarah et enfin prendre une douche.

Plus d'hésitation ! Son choix était fait. Les Soldats lui apportaient ce que les « autres » lui refusaient.

Les Keller lui avaient expliqué ce qu'ils attendaient d'elle. C'était dur, très dur, contraire à ses principes, mais elle se sentait prête. Elle obéirait. Le prix à payer pour une nouvelle vie !

Sarah revint.
– Voici ta robe ! J'ai renforcé l'ourlet. Regarde !

La femme au chignon s'était improvisée couturière pour l'occasion.

Claire attrapa l'habit de bure par le pli recousu et le passa par la tête. Le tissu restait rêche au toucher. Pourtant, elle aimait la rugosité du vêtement qui irritait sa peau et lui donnait l'impression de faire pénitence en le portant.

Sarah se recula pour observer. Une belle image. La robe de disciple tombait bien. Claire était redevenue une adepte inconditionnelle. Elle saurait se montrer à la hauteur, Sarah en était persuadée.

— Je vais te faire ta piqûre.

Ce serait la dernière. Le thiopental était devenu superflu. Le produit avait pour seul but de contenir une éventuelle rébellion qui se révélait désormais improbable.

Il était quinze heures quand Jean-Luc donna le signal de départ. Claire avait reçu les dernières consignes. Elle quitta sa chambre. Pieds nus, juste vêtue de sa robe de bure, elle suivit Sarah jusqu'au garage, puis prit place à l'arrière de la Mercedes. Comme précédemment, la femme au chignon lui banda les yeux.

Le voyage dans le noir lui parut moins long que celui du matin.

Cette fois-ci, Claire savait où on l'emmenait, même si elle ignorait géographiquement la destination. Dans la dernière partie du trajet, elle se sentit ballottée par les virages de la route sinueuse. Sensation désagréable amplifiée par l'absence de vue à cause du bandeau.

Enfin la Mercedes s'arrêta. Claire entendit une portière s'ouvrir, puis la voix de Jean-Luc :

— Bonjour, nous sommes attendus.

— Bonjour Commandeur. Oui, j'ai été prévenu.

La Mercedes redémarra pour de nouveau s'immobiliser quelques secondes plus tard.

Sarah retira le bandeau à Claire qui découvrit à travers la vitre la cour d'honneur du fort Tramons entourée de ses épaisses murailles. Elle aperçut aussi un homme en noir lourdement armé à quelques mètres de la voiture.

Bracha arriva et ouvrit la portière. Par un mouvement de menton, Sarah indiqua à Claire qu'elle devait descendre. Malgré la saison qui n'était pas la même, l'étrange sensation provoquée par les pieds nus sur les pavés froids de la cour lui rappela son arrivée à Engelmatt deux ans et demi plus tôt.

La portière se referma. Claire fut surprise de voir la Mercedes repartir. Elle aurait pourtant aimé être accompagnée par les Keller dans cet endroit inconnu.

— Bonjour Claire. Je suis Bracha. Tu vas avoir l'immense honneur de rencontrer notre Guide Suprême. Mais auparavant, nous allons passer un moment ensemble. J'ai beaucoup de choses à t'expliquer.

— Bonjour Madame. Bien Madame.

La docile adepte suivit Bracha à l'intérieur du fort. Le garde armé les accompagna jusqu'au portique de sécurité.

— Retire ta robe et donne-la-moi ! ordonna Bracha.

Disciplinée, Claire s'exécuta. Bracha se saisit du vêtement.

— Passe sous le portique, maintenant !

Vêtue de sa seule nudité, Claire franchit le tunnel de contrôle. Aucune sonnerie ne retentit.

— Parfait, commenta Bracha. Maintenant, va là-bas, de l'autre côté du panneau !

Claire se dirigea vers la grande plaque verticale derrière laquelle elle se glissa.

L'écran du scanner corporel à ondes millimétriques permit à Bracha de constater que l'arrivante ne dissimulait aucun objet. Le corps humain disposait de tant de possibilités pour cacher une arme miniature ! Et comme Claire allait accéder à la partie sanctuarisée du fort, elle devait se soumettre aux contrôles les plus poussés. La procédure pouvait paraître excessive, mais dans un souci de sécurité maximale, tous les risques avaient été envisagés jusqu'à la démesure.

Bracha termina en vérifiant au toucher la robe de bure avant de la rendre à Claire. La nouvelle venue ne présentait aucun danger pour le Guide Suprême, elle pouvait entrer.

Bracha emmena Claire et commença les explications :

— Ta tâche est double. Tu dois protéger et satisfaire notre Guide Suprême. Pour cela je vais te fournir des informations de la plus haute confidentialité. Tu es tenue au secret.

L'avertissement était une simple formalité. Bracha savait parfaitement que Claire ne raconterait jamais son séjour passé auprès du Guide Suprême.

– Parles-tu anglais ?

– Oui, Madame.

– Très bonne chose. Notre Guide est bilingue. Tu le comprendras donc, quelle que soit la langue qu'il utilise. Maintenant, viens ! Je vais te préparer et tout t'expliquer en détail !

Claire s'interrogea sur le sens du verbe préparer.

L'interrogation avait fait place à la quiétude d'une agréable parenthèse avant la rencontre.

La vaste salle de bains était dotée d'un sauna et d'une baignoire à remous. Claire avait passé vingt minutes dans chacun des deux équipements.

Bracha ne l'avait jamais quittée des yeux. Elle lui tendit une serviette pour qu'elle se sèche et débuta les explications :

— Des ennemis de notre Foi veulent attenter à la vie de notre Guide Suprême. C'est pourquoi tu assisteras à tous ses repas et collations. Chaque fois que notre Guide désirera manger ou se désaltérer, tu commenceras par goûter le contenu de son assiette ou de son verre. Si malgré toutes les procédures de sécurité, sa nourriture renfermait du poison, tu aurais l'immense honneur de mourir à sa place.

Claire écoutait. Ce n'était pas une découverte, Jean-Luc l'avait déjà briffée, mais Bracha se montrait plus précise, fournissait le détail des règles à appliquer.

Vint alors le second volet de sa tâche :

— Notre Guide Suprême attend de toi que tu lui donnes du plaisir. Son état de santé et son surpoids ne lui permettent pas de disposer de toi comme il l'entendrait. Ce sera donc à toi d'utiliser tous les moyens pour lui offrir la volupté qu'il mérite.

Euphémisme pour dire que le Guide Suprême était impuissant !

– Bien Madame, je m'y emploierai.

Bracha enduisit alors le corps de Claire d'huiles essentielles à l'odeur soutenue.

– C'est de la rose de Damas, précisa Bracha. Notre Guide aime particulièrement ce parfum apaisant et cette odeur envoûtante.

Claire ne partageait pas cet avis. Le qualificatif d'entêtant lui paraissait plus approprié.

– Voilà ! Tu es prête. Va te mettre dans la lumière là-bas !

Bracha se recula pour considérer la plastique de la disciple. Belle anatomie pour une femme dans la force de l'âge sur laquelle le temps semblait ne pas s'être attardé !

Ce corps aux formes harmonieuses lui rappelait le sien vingt ans plus tôt. L'époque où Joseph se montrait un amant brillant et se satisfaisait pleinement d'elle. L'époque où le péché de gourmandise n'avait pas encore supplanté celui de la luxure.

Une époque révolue.

– C'est bien. Tu es maintenant digne de rencontrer notre Guide Suprême. Rhabille-toi ! Je vais te conduire à Lui.

Claire repassa sa robe de bure et suivit Bracha.

– Tu te souviens bien de tout ?

– Oui Madame.

Quelques couloirs plus loin, Bracha ouvrit une porte. Les deux femmes pénétrèrent dans la vaste pièce aux allures de grand salon et de chambre à coucher. Un ameublement pas très harmonieux et disparate avec des fauteuils, un réfrigérateur, une télévision et un lit à baldaquin. Les goûts du Guide Suprême en matière de décoration n'étaient pas des plus heureux.

Claire entendit une voix en provenance du gros fauteuil devant la télévision.
– Approche !
Quand elle découvrit le Guide Suprême, elle dut dissimuler sa surprise.
Une montagne de viande ! Ce n'était pas du surpoids mais une obésité massive qui se cachait sous la toge ornée de dorures. Le résultat d'une addiction au sucre qu'ignorait la jeune femme.
Joseph Johnson appuya sur le premier bouton de la télécommande pour éteindre la télévision, puis sur un second pour faire pivoter son fauteuil.
Claire se retrouva face à l'homme aux chairs débordantes. Elle n'en oublia cependant pas les consignes.
– Mes respects, Guide Suprême ! dit-elle en s'agenouillant.
Elle s'inclina pour embrasser les bagues entourant les doigts gonflés.

Bracha était restée près de la porte pour

surveiller le comportement de la nouvelle venue. Pour l'instant, tout se passait bien.

— Nous allons partager un verre pour fêter ta venue et faire connaissance, lança Johnson. Sers-nous un Piña Colada ! La carafe est dans le frigo.

Rhum, jus d'ananas et lait de coco, se rappela Claire. Une boisson dont elle ne raffolait pas.

Elle alla jusqu'au réfrigérateur, ouvrit la porte et trouva le cocktail. Elle attrapa un grand verre sur l'étagère au-dessus et le remplit jusqu'en haut. La mixture était très épaisse.

Elle revint prendre sa place à genoux à côté du Guide Suprême. Elle jugeait les consignes ridicules mais elle s'y conforma. Elle trempa les lèvres dans le verre et but une gorgée.

Infect ! Contrairement à ses craintes, ce ne fut pas l'alcool qui l'incommoda, mais le sucre en excès ajouté à la recette classique. Elle comprit alors la cause de l'obésité massive du Guide. Rien d'étonnant si tout ce qu'il avalait comportait la même dose de sucre !

Imbuvable ! Pourtant, il le fallait. La consigne était : la moitié du verre. Elle se força, retint une grimace mais réussit tout de même à boire la quantité obligée. Écœurant !

Elle tendit le verre à demi vidé. Johnson la fixait dans les yeux. Elle resta immobile avec un regard neutre. Il attendit presque une minute pour enfin se saisir du verre et boire.

Quand il eut terminé, son regard se porta de nouveau sur Claire, toujours agenouillée. Il la toucha, caressa l'étoffe écrue de sa robe, puis lui prit le visage entre ses gros doigts pour le tirer à lui.

Quand elle le vit remonter de l'autre main sa toge au-dessus des genoux, Claire savait ce qu'il attendait d'elle.

- 44 -

Aix-les-Bains – 16 h

Diane était allongée sur le transat au bord de la piscine, son maillot cerise lui seyait à merveille. Sa main tenait celle de Bruno installé à côté d'elle dans la même position.

Le temps paraissait long et court à la fois. Le bien-être d'alterner natation et soleil. Diane, sportive accomplie, enchaînait les longueurs de bassin toutes les demi-heures. Après l'avoir imitée durant la matinée, Bruno avait abandonné de la suivre dans son entraînement dès leur retour du déjeuner.

Diane persévérait. Cet exercice était aussi un bon moyen de prendre patience.

L'Apostolique ne les avait toujours pas contactés.

Elle s'était de nouveau allongée au soleil.

Soudain, un ding !

C'était son portable. Elle le sortit du sac de toile au logo de l'hôtel.

SMS. Numéro inconnu.

Rendez-vous devant le bar extérieur à l'entrée de la piscine. Venez seule ! Prenez juste votre téléphone !

– C'est lui, murmura-t-elle à Bruno. Mais pourquoi, il me contacte, moi ? Normalement c'est toi qu'il aurait dû appeler. Je ne suis que ta maîtresse dans cette histoire. Putain, je n'aime pas ça !

Elle n'avait pas l'habitude de jurer. L'interjection grossière témoignait de son trouble.

Elle se ressaisit et observa discrètement l'autre côté de la piscine. Rien d'exceptionnel. Des clients assis au bar. En majorité des hommes. Quelques couples.

Elle réfléchit un instant. Oublier le « venez seule » ? S'y rendre à deux ? Non, cela faisait trop longtemps qu'ils attendaient. Ne pas respecter la consigne, c'était prendre le risque de ne pas voir le contact se manifester.

– Reste là ! dit-elle à Bruno.

Elle se leva du transat, rajusta son maillot et partit en direction du bar, son téléphone à la main.

Une fois de l'autre côté de la piscine, elle attendit. Pas très longtemps. Un nouveau SMS arriva presque immédiatement :

Avancez dans le jardin ! Prenez l'allée jusqu'au petit banc en pierre ! Asseyez-vous face au lac et attendez !

L'Apostolique ou son envoyé était là, c'était évident, et il l'observait.

Diane regarda l'allée gravillonnée bordée de verdure. Ça se compliquait. D'abord, il lui serait

impossible de courir dans les graviers en cas de
besoin en raison de ses pieds nus. Ensuite, d'où elle
était, elle ne voyait pas le banc qui se trouvait sans
doute dans un endroit isolé du jardin.

Faire demi-tour ? Revenir à deux ? Finalement,
elle se ravisa. Pourquoi voudrait-on l'agresser ? Elle
compliquait inutilement les choses : ce n'était rien
qu'un contact pour le manuscrit.

Diane avança dans l'allée de graviers en marchant
à petits pas. Elle posait délicatement un pied
devant l'autre pour ménager sa voûte plantaire.
Cinquante mètres plus loin, elle trouva le banc sur
lequel elle s'assit. La vue sur le lac était magnifique.
Elle avait exécuté les ordres à la lettre. Elle espérait
qu'il viendrait.

Soudain, elle sentit une présence derrière elle.

Ne pas se retourner, mais se tenir prête à réagir !

Deux mains passèrent au-dessus de ses épaules et
se plaquèrent sur elle.

Quand les deux mains lui emprisonnèrent la poitrine, Diane réagit à la vitesse de l'éclair. Dans un geste appris lors de sa formation au combat, elle leva le bras pour le passer derrière la nuque de l'assaillant afin de le déséquilibrer et le mettre à terre. Elle inclina la tête pour accompagner le mouvement.

Mais dans l'enseignement des arts martiaux, on apprend aussi à tout analyser avant d'amener un geste à son terme.

En un quart de seconde, elle avait compris en découvrant le visage de son agresseur qui n'en était pas un.

Fabrice Ligier !

Impensable ! Qu'est-ce qu'il foutait là ? L'Apostolique ? Certainement pas. L'Apostolique avait d'autres objectifs que de lui peloter les seins.

Instantanément, Diane se releva et réussit l'exploit de basculer de la posture du militaire entraîné au combat à celle de la jeune femme sans défense indignée par l'attouchement.

Elle prit un air scandalisé en faisant face au grand blond. Elle lui envoya une gifle.

— Ça va pas, non !

— Surprise, n'est-ce pas ? répondit Fabrice en

assumant la claque.

Il employait souvent cette tactique et l'effet était presque toujours le même. La méthode était bien rodée et fonctionnait.

Instauration d'un premier contact physique, ça faisait partie de son plan ! Et surtout la surprise ! La réaction de Diane en était la parfaite illustration.

Réfléchir ! Vite ! Elle défila toutes les possibilités dans sa tête. De le neutraliser jusqu'à l'envoyer promener. La première solution était évidemment à exclure. Ce n'était pas dans les capacités ordinaires d'une simple secrétaire. L'éconduire, mais d'abord connaître la raison de sa présence à l'hôtel. Et surtout savoir comment il l'avait trouvée. Vérifier qu'il n'existait aucun lien entre Fabrice et l'Apostolique !

— Qu'est-ce que tu… qu'est-ce que vous faites là, monsieur Ligier ? demanda-t-elle dans un mélange feint de surprise, de contrariété et d'embarras.

— Ça y est, on se tutoie ! Formidable ! J'avais envie de te voir Diane. Je suis fou de toi. J'ai remué ciel et terre pour te retrouver et me voilà.

Toujours aussi lourd le mec ! Bon, pas d'esclandre ! Faire semblant ! Entrer dans son jeu pour le duper !

— D'accord pour le tutoiement, Fabrice. Mais pour le reste, n'y compte pas ! Je suis avec Bruno. Et puis les trios, ce n'est pas mon truc.

Mais qu'est-ce que je dis, moi ?

— Ne t'inquiète pas, Diane ! Je saurai me montrer patient. J'ai pris une chambre à l'hôtel, la 326 si tu changes d'avis.

— Comment as-tu eu mon numéro de portable ?

– Secret défense.

Une expression qu'elle n'aimait pas entendre. Elle pensait tout de même avoir la situation en main pour que le gêneur ne perturbe pas le contact avec l'Apostolique, à condition toutefois de le garder sous contrôle. Le capitaine Boldini reprit la direction des opérations.

– Je retourne vers Bruno. Puisque tu es là, tu peux m'accompagner, mais je ne suis pas certaine qu'il apprécie ton initiative.

– On se connaît depuis plus de vingt ans avec Bruno. Si tu savais tout ce qu'on a fait ensemble !

Non, elle ne voulait pas savoir.

– Tu es ravissante avec ton petit maillot rouge.

– Cerise ! rectifia-t-elle.

C'est vrai que les deux profs avaient des points communs. Heureusement, seulement pour les compliments !

Les graviers, le bar puis les dalles de la piscine, Diane était de retour, accompagnée de l'importun.

– Ton ami nous fait le plaisir de nous rendre visite, annonça-t-elle à Bruno encore sous la stupéfaction de découvrir le visage de Fabrice.

Diane fit une grimace seulement visible par son coéquipier. Elle développa pour qu'il se mette en phase avec elle.

– Je lui ai dit qu'il perdait son temps avec moi, mais que nous n'étions pas des sauvages. Alors, compte tenu du long trajet qu'il a fait pour venir NOUS rendre visite, j'ai pensé que nous pourrions passer quelques courts moments ensemble.

Voilà qui était résumé autant pour Bruno que pour Fabrice.

46

Le sous-marin était stationné dans une ruelle adjacente au boulevard menant à l'hôtel. Un endroit discret pour changer l'enseigne du fourgon. Le véhicule de plomberie allait devenir l'utilitaire d'un menuisier. Tous les moyens étaient bons pour ne pas se faire repérer.

Quelques instants plus tôt, le capitaine Charente était sorti du Renault Trafic pour se dégourdir les jambes. C'était frustrant de visionner la piscine des *Suites du Lac* sans pouvoir en profiter.

Il enviait de plus en plus Martel qui devait se payer du bon temps avec Boldini.

Après avoir vérifié le bon alignement de l'enseigne magnétique du fourgon, il retourna à la boulangerie où il avait acheté ses sandwichs de midi. Faute d'un farniente sur un transat à côté de Boldini, il opta pour une tarte aux pommes. Maigre consolation qui au moins satisferait ses papilles gustatives !

Quand Olivier remonta dans le fourgon, il reprit la vidéo en différé.

Tiens, Boldini va se promener seule dans les jardins ?

Les images changèrent de rythme comme si

Boldini remuait, sautait, s'agitait. Puis soudain, le visage d'un homme blond.

Putain, c'est qui ce type ? L'Apostolique ? Mais c'est Martel qu'il devrait rencontrer, pas Boldini !

Olivier écouta la conversation et comprit. L'intrus était sans rapport avec la mission. Un prétendant de plus pour Boldini !

Ah, ça y est, ils retournent à la piscine vers Martel. Comment va-t-elle se débarrasser du bonhomme ?

Le capitaine Charente s'interrogea sur l'opportunité d'une intervention pour neutraliser l'indésirable. Mais Boldini semblait bien gérer la situation. Olivier décida donc de ne rien entreprendre. Et puis, il connaissait les aptitudes physiques de Boldini. À l'entraînement, elle était la seule femme à tenir plus d'une minute dans une épreuve de bras de fer sportif avec lui.

47

Fort Tramons — 17 h

— Je l'ai emmenée dans sa chambre et lui ai ordonné de prier jusqu'à la nuit, annonça Bracha. Alors, ton verdict ?

— Excellente sélection, répondit Joseph. Elle est parfaite.

Il ne regrettait pas d'avoir demandé à Keller de lui trouver parmi les disciples une femme mûre pour remplacer le puceau. Bracha ne lui avait jamais donné de progéniture. Savoir que cette adepte avait déjà enfanté trois fois le comblait et attisait ses fantasmes.

— Quand le Commandeur l'a proposée, j'ai tout de suite senti qu'elle te plairait, réagit Bracha en se méprenant sur les raisons de cet engouement.

— S'il mène à bien la vente du manuscrit, il aura fait coup double.

Joseph ferma les yeux un instant. Que se passait-il dans sa tête ? Bracha était incapable de le deviner. Elle l'observa. Quel dommage que son corps ait tant changé ! Pour le reste, il continuait à dégager ce puissant charisme qui l'avait toujours accompagné. Sans ce don divin, il n'aurait pas pu fonder sa religion et attirer des milliers d'adeptes.

Elle vint près de lui et s'agenouilla. Elle l'aimait toujours autant. Elle aurait tellement voulu qu'il lui prenne la tête entre ses mains et la tire à lui comme il l'avait fait avec Claire. Il n'en fut rien. Il fit mine d'ignorer le souhait de son ancienne maîtresse.

– Je vais dire au revoir à Ange. Et lui offrir sa rédemption en même temps que la mienne. Va le chercher !

Elle se releva. Sa seule satisfaction était que Joseph ait de nouveau jeté son dévolu sur une femme. Elle n'avait jamais aimé cette attirance pour les jeunes hommes. Bracha compensait l'absence de rapports physiques en se projetant à travers les femmes qu'il utilisait. En revanche, impossible de le faire avec les garçons.

Le départ d'Ange ne pouvait que la contenter.

Elle l'embrassa.

– Je passe par la cuisine pour préparer le Piña Colada et je reviens avec Ange.

Il ferma les yeux et pria pour s'apprêter à la douloureuse séparation, le prix à payer pour sa rédemption.

Bracha avait déposé tous les ingrédients de la préparation sur le plan de travail. Elle versa dans le blender le lait de coco, les rhums blanc et ambré ainsi que le jus d'ananas. Elle ajouta une énorme quantité de sucre en poudre non prévue dans la recette mais exigée par le Guide Suprême.

Elle · versa l'épais mélange dans la carafe. Habituellement à cette étape, le cocktail était prêt. Mais aujourd'hui, un dernier complément s'avérait nécessaire.

Bracha sortit de sa poche, un petit récipient de verre. Elle l'ouvrit et versa dans la carafe une infime quantité de la poudre blanche qu'il contenait.

Cinq minutes plus tard, Bracha déposait la carafe dans le réfrigérateur. Elle était passée prendre Ange qui, vêtu de sa robe de bure, alla s'agenouiller auprès du Guide Suprême.

– Je suis content de te voir mon Ange.

Le garçon sourit et posa la tête sur les genoux de celui qu'il vénérait.

– Pas maintenant, mon Ange. J'ai soif.

Le jeune adepte avait compris. Il se releva et alla jusqu'au réfrigérateur. Sous le regard attentif de Bracha, il remplit un verre avec la carafe de Piña Colada et revint vers le Guide Suprême.

Conformément aux usages, il porta le verre à ses lèvres et but la moitié de son contenu.

Le goût sirupeux était le même que d'habitude, pourtant rapidement Ange eut l'impression qu'un couteau lui transperçait l'estomac. Incapable de tenir les doigts serrés, sa main lâcha le verre qui se renversa et tomba sur le tapis. La gorge du jeune homme émit une plainte rauque et inarticulée. Ses yeux se révulsèrent.

Ange s'écroula, laissant une mousse blanche s'échapper de sa bouche. Il était mort.

Le Guide Suprême tourna la tête vers le cadavre et prononça une parole symbolique :

– Le moment de la rédemption est arrivé.

Puis il entreprit de réciter les premiers versets du livre septième qu'il connaissait bien pour les avoir lui-même écrits.

Si tu as péché, tu devras en faire disparaître la cause.
Tu anéantiras tout ce qui en est à l'origine.
Tu détruiras tous les objets et tous les êtres qui ont
participé à la réalisation de ton péché.
Ton péché sera alors effacé et tu obtiendras la rédemption.

Le péché de luxure de Joseph Johnson était désormais effacé. Quant à celui de la gourmandise, rien ne pressait !

Aix-les-Bains – mercredi 10 juin 8 h

La nuit passée avait été aussi chaste que la précédente. De nouveau, Diane se leva la première.

– J'espère que ce sera pour aujourd'hui. Sinon, je prends les ordres pour rentrer à Paris. Il a dû se produire quelque chose qu'on ne maîtrise pas. En plus, avec ton copain pot de colle sur le dos, l'attente devient insoutenable.

Une demi-heure plus tard, ils étaient attablés pour le petit déjeuner. Le terme pot de colle pour qualifier Fabrice se montra criant de vérité. Le collègue de Bruno s'installa à côté d'eux sans rien leur demander.

Ils en étaient à leur second café quand un serveur s'approcha.

– Je vous demande pardon. Monsieur Martel ?

– Oui, c'est moi.

– Vous êtes demandé à la réception.

Diane et Bruno se regardèrent furtivement sans rien laisser paraître à Fabrice.

Enfin !

En espérant qu'il ne s'agisse pas d'un nouvel évènement parasite.

Bruno se leva et se rendit à l'accueil.

– Je suis Bruno Martel, annonça-t-il à la jeune femme derrière le comptoir.

Pendant ce temps, resté en tête à tête avec Diane, Fabrice était repassé en mode attaque :

– Qu'est-ce que tu aimes ? Les restos ? Les musées ? Les cinés ? Le théâtre ?

Elle répondait n'importe quoi, sans l'écouter. Elle ne l'entendit même pas déraper salacement sur des sujets intimes.

Bruno revint enfin.

– Ce n'était rien. Un détail avec le lavage de notre linge.

L'explication anodine évita toute question de la part de Fabrice. Il ajouta :

– Je remonte. Tu viens, ma chérie ? Fab, ça t'irait qu'on se retrouve tous les trois à la piscine ?

– Oh que oui !

– Alors, disons onze heures !

Le couple se leva et partit pour regagner sa chambre. Bruno s'interrogea. Pouvait-il parler à Diane avant d'arriver à destination ? Prudent, il préféra attendre le feu vert de la capitaine. Soudain, Diane arrêta l'ascenseur à mi-étage. Elle se recula contre la paroi et demanda :

– Alors ? Dis-moi tout maintenant et plus un mot dans la chambre, on ne sait jamais !

– J'ai un nouveau rendez-vous au golf d'Esery à onze heures. Je dois quitter l'hôtel avec mes bagages et t'amener avec moi.

– Super ! Mais ce dernier point m'interpelle encore. Pourquoi cette insistance pour que je sois présente ?

– Pour être franc, je trouve ça plutôt rassurant pour moi.

Diane restait toutefois perplexe.

– Comment t'ont-ils contacté ?

– Le téléphone de la réception.

Elle le fixait étrangement de derrière ses lunettes.

– Pourquoi me regardes-tu comme ça ?

Diane hésita, puis jugea que le moment était venu de lui dire. C'était sans doute la dernière fois qu'ils pouvaient parler librement avant la rencontre. Une entorse de plus aux procédures. Mais elle ne pouvait plus entretenir le mensonge.

Elle retira ses lunettes, replia les branches et les tint serrées dans la main.

Elle lui expliqua les fonctions du bijou de technologie dissimulé dans la monture. Rapidement, car si l'ascenseur restait bloqué trop longtemps, il attirerait l'attention.

- 49 -

La Mégane s'était garée sur le parking réservé aux visiteurs. Une impression de déjà vécu. Ils étaient descendus de voiture. Le caddie les attendait dans la golfette près du porche.

Diane avait un mauvais pressentiment. Ne pas en parler à Bruno. Inutile de le perturber. Même s'il se montrait très professionnel dans cette mission, il n'en restait pas moins un civil non aguerri.

Dès qu'ils auraient rejoint le caddie, elle devrait peser tous ses mots. Alors c'était le moment. Elle retira ses lunettes. Depuis les dernières explications reçues dans l'ascenseur, Bruno connaissait la signification de ce geste.

– Bruno, dit-elle d'un ton sérieux. Je ne sais pas ce qui nous attend ni ce que chacun de nous deviendra ensuite, mais je voulais te dire qu'indépendamment de notre mission tu m'as fait passer cinq jours très agréables.

Bruno ne s'attendait pas à ce genre de déclaration. Il chercha une pointe d'humour, une subtilité ou une formule amusante :

– Merci mademoiselle Boldini. Moi aussi, j'ai aimé notre week-end à rallonge.

— Arrête ! Ça me fait tout bizarre quand tu m'appelles comme ça.

— Pourquoi ? Tu n'aimes pas. C'est à cause de ton père ?

— Non, répondit-elle en reprenant son sérieux. Ce n'est pas le moment d'entrer dans les détails, mais en réalité Boldini est le nom de ma mère. Je n'ai jamais plus voulu porter le nom du salaud qui m'a abandonnée quand je n'étais encore qu'une gamine.

— Ouf, j'ai eu peur d'avoir commis un impair. Donc, mademoiselle Boldini, tu aimes bien ?

— Oui monsieur Martel.

Il sourit et jeta un coup d'œil à la golfette près du porche.

— Dis ! Tu n'as pas l'impression qu'on nous attend ?

— Si. Juste une dernière petite formalité.

L'étreinte et le baiser n'étaient absolument pas nécessaires, mais elle en avait eu envie.

Bruno se força à ne pas penser à Claire, le temps de cette rencontre linguale.

C'est pour l'apparence, se justifia-t-il intérieurement, tout en appréciant hypocritement l'initiative de Diane.

Il enchaîna par une pensée de compassion pour Fabrice qui à cet instant devait les chercher autour de la piscine et découvrirait dans peu de temps que le couple avait déserté l'hôtel.

Diane interrompit le baiser. Après ce petit plaisir qu'elle s'était offert, elle se sentait prête et pouvait désormais repasser en mode professionnel.

L'impression de déjà vécu se renouvela quand ils traversèrent le green à bord de la golfette. Mais cette fois-ci, quelqu'un les attendait près de l'étang. En se rapprochant, ils découvrirent un homme assez grand avec des lunettes rondes. Ses cheveux étaient gris et son front dégarni.

Jean-Luc Keller observait le couple se diriger vers lui. Ses yeux se portèrent d'abord sur Diane Boldini. Elle était venue comme il l'avait exigé. Le jean et le tee-shirt dont elle était vêtue lui donnaient une allure décontractée. Après plusieurs secondes d'un examen attentif, le regard de Keller se tourna enfin vers le professeur d'histoire quand celui-ci arriva face à lui.

— Bonjour. Je suis l'Apostolique. Excusez-moi pour le petit contretemps, mais pour valider un tel achat, nous n'étions pas à deux jours près ! Si vous voulez bien me suivre !

Bruno se sentit obligé de répondre. Il fallait montrer que c'était lui qui dirigeait l'opération d'authentification du manuscrit.

— Bonjour. Je pense que de notre côté les présentations sont inutiles, mais pour le cas où, je vous présente Diane Boldini, ma secrétaire. Et comme vous êtes sans doute bien informé, autant vous avouer que j'entretiens avec Diane des rapports un peu plus intimes que professionnels. Pour cela, je vous remercie de l'avoir invitée à se joindre à nous.

Keller renvoya un sourire complice. Entre hommes, on se comprenait.

Accompagné du caddie qui portait les bagages déchargés de la golfette, le couple suivit l'Apostolique jusqu'à la route qui bordait le green.

Un van Mercedes Viano noir les attendait. Keller pressa un bouton pour ouvrir la porte latérale et invita Bruno et Diane à monter.

Un intérieur luxueux, quatre fauteuils en cuir disposés en vis-à-vis. Diane et Bruno s'installèrent dans le sens de la marche, l'Apostolique s'assit en face d'eux.

Particularité de ce luxueux habitacle, les vitres étaient opaques.

Le caddie déposa les bagages et repartit. La portière coulissante se referma automatiquement, le bruit du moteur quoique discret et quelques secousses pour reprendre la route signalèrent le départ du Mercedes Viano.

Diane analysait la situation. Ils étaient au moins deux à les accompagner : l'Apostolique et le conducteur derrière la paroi pleine qui les séparait de la cabine.

— L'endroit où se trouve le manuscrit doit rester secret, annonça l'Apostolique. C'est pourquoi vous voudrez bien me remettre vos téléphones.

La demande n'étonna aucunement Diane. Elle donna la première son portable à leur hôte. Bruno fit de même. L'homme aux cheveux gris se saisit des deux appareils et leur ôta la batterie avant de les restituer à leurs propriétaires.

— Vous êtes surpris que je vous les rende. Autant vous avertir : l'endroit où nous allons est sécurisé à l'extrême. Toutes les ondes sont brouillées. Vos téléphones seront inutilisables. Quand nous serons arrivés, vous pourrez réinsérer les batteries.

Il poursuivit en changeant de registre :

– Je vous trouve ravissante, mademoiselle Boldini. Je ne regrette pas de vous avoir invitée à vous joindre à nous.

Sincérité ? Séduction déplacée ? L'Apostolique se montrait sympathique, pourtant Diane n'accrochait pas. Elle éprouvait un malaise quand leurs regards se croisaient. Elle essayait de chasser une pensée : et s'il avait découvert mon vrai rôle dans cette histoire ? De nouveau elle analysa les cinq jours passés avec Bruno. Non, impossible, ils n'avaient commis aucune erreur !

Keller ouvrit le minibar sur la droite et sortit trois flûtes à champagne.

– Nous avons un peu de route. Autant effectuer le trajet agréablement. Monsieur Martel, expliquez-moi comment vous allez vous y prendre pour authentifier le précieux évangile !

- 50 -

Paris

Installé dans la salle des communications, le colonel ne boudait pas son plaisir. Enfin l'Apostolique en chair et en os ! Ou presque, car il le voyait sur écran. Les images arrivaient avec un différé, mais peu importe.

Et la bonne nouvelle avait été précédée d'une autre, un peu plus tôt : Jean-Luc Keller, alias l'Apostolique, citoyen helvétique, appartenait aux Soldats de la rédemption. Il possédait le grade de Commandeur. Son épouse Sarah Keller était elle aussi membre de la secte. Ces compléments récupérés auprès des Suisses permettaient d'y voir plus clair mais aussi de s'inquiéter.

C'était donc la secte, les Soldats de la rédemption, qui vendait le précieux manuscrit. Drôle de coïncidence : Martel avait déjà eu affaire à eux par le passé, d'abord avec sa thèse et plus récemment par l'accompagnement de Claire Lachard dans son expédition meurtrière. Heureusement que ce dernier évènement était resté secret. Quant à la thèse de Martel, elle était publique. De toute évidence, l'Apostolique devait la connaître. Peut-être celui-ci avait-il seulement voulu se livrer à quelques vérifications qui pouvaient avoir été à l'origine du décalage du rendez-vous.

Sur l'écran, le colonel vit Keller et Martel monter dans le Mercedes Viano et entamer leur conversation. Il trouva le professeur d'histoire très professionnel et se félicita une fois de plus de l'avoir choisi.

Soudain, l'image se brouilla. Le colonel bascula l'affichage sur la liaison avec le capitaine Charente :

— Qu'est-ce qui se passe, capitaine ?

— Je l'ignore. J'ai eu ça sur le direct. Plus de son, plus d'image. Heureusement la localisation a continué de fonctionner. D'après le traçage GPS, ils ont pris une route de montagne dans le Jura. Ils sont sans doute passés sous un tunnel. Mais ne vous inquiétez pas, la transmission va revenir dans moins d'une minute !

— D'accord. Je veux les coordonnées du lieu de leur destination, car si j'ai bien compris les propos de l'Apostolique, une fois qu'ils seront arrivés, nous perdrons tout contact.

— C'est exactement cela. Je vous communiquerai leur position en temps réel. Quand nous ne recevrons plus aucun signal, ça voudra dire qu'ils seront arrivés à destination.

— Affirmatif, capitaine ! Ah, ça y est, le son et l'image sont revenus. Je vais vous laisser. Une dernière chose : dès qu'ils seront parvenus au lieu de rendez-vous, tenez-vous prêt à intervenir !

Le colonel reprit l'écoute de la conversation.

Il constata qu'en se contentant de neutraliser les deux portables, l'Apostolique avait commis sa seconde erreur. En effet, les lunettes de Diane restaient opérationnelles à l'intérieur de l'habitacle. Les échanges qui se déroulaient à cinq cents kilomètres apportèrent ainsi un renseignement capital : Keller venait d'annoncer à Martel qu'il aurait l'immense honneur de rencontrer le Guide Suprême des Soldats de la rédemption détenteurs et vendeurs du précieux évangile de Lazare.

C'était tellement énorme ! Le colonel jugea primordial d'en informer le ministre.

Il se leva, attrapa sa canne et regagna son bureau.

Dans son sous-marin, le capitaine Olivier Charente réceptionnait et retransmettait les images et le son capturés par la monture des lunettes de Diane. Un bijou de technologie qui permettait de suivre et d'enregistrer toutes les rencontres du capitaine Boldini depuis le début des opérations. Essentiel pour la mission ! À condition toutefois que les branches ne soient pas repliées. Cette simple manipulation suffisait à couper la transmission. Olivier avait constaté que Boldini se servait judicieusement de sa paire de lunettes-espionnes. À chaque moment privé, voire intime, elle rabattait pudiquement les branches de sa monture. En conséquence, il n'en fantasmait que davantage, lui qui avait été initialement prévu pour faire équipe avec Boldini. Il s'était imaginé partager son lit comme l'avait sans doute fait le prof d'histoire. Quel veinard ce Martel !

Dans la solitude de son sous-marin, Olivier avait rêvé d'une Diane posant ses lunettes sur la table de nuit et oubliant d'en replier les branches avant de se coucher. Il l'imaginait se déshabillant et lui offrant sa nudité. Il restait de si longues heures enfermé dans son Renault Trafic ! Alors c'était juste un petit fantasme qu'il s'octroyait pour se divertir de sa mission solitaire qu'il réalisait toutefois avec un très grand professionnalisme.

D'après le signal, le Mercedes Viano n'était plus très loin de la Suisse. Aïe ! Pourvu que Boldini et Martel ne franchissent pas la frontière, car sans autorisation spéciale, Charente ne pourrait pas effectuer le suivi rapproché ordonné par le colonel.

- 51 -

13 h

Dans le Mercedes Viano, tout en ne laissant rien paraître dans la conversation, chacun se focalisait sur ses principaux centres d'intérêt.

Bruno était encore sous le coup de la surprise : les vendeurs du manuscrit étaient les Soldats de la rédemption. Incroyable coïncidence ! De plus, l'Apostolique venait de lui annoncer qu'il allait rencontrer le Guide Suprême, le plus haut personnage de la secte. Joseph Johnson était une figure emblématique qu'il connaissait déjà parfaitement bien, mais seulement sur le papier. Et il y avait toujours l'authentification du manuscrit de Lazare. Un moment historique ! Bruno était sur son petit nuage. Combien de chercheurs lui auraient envié sa place ? Il en oubliait les risques qu'il courait à cause de son passé avec la secte.

De son côté, Diane ruminait son inquiétude. Elle n'était pas du genre pessimiste, mais envisager le pire, lui permettait de s'organiser, d'étudier les parades possibles. Que faire s'ils avaient découvert qui elle était vraiment ? N'était-elle pas en train de se jeter dans une nasse qui se refermerait bientôt sur elle ? Et tout ça juste pour un manuscrit ! Et les lunettes qui ne fonctionneraient plus, une fois qu'ils auraient atteint leur destination !

Keller, lui, continuait de dévisager Diane. Il s'interrogeait : son plan ne comportait-il pas de faille ? De toute façon, il n'était plus possible de reculer.

La route devenait sinueuse.

– Nous allons bientôt arriver, intervint Keller. Compte tenu de ce que vous m'avez dit, monsieur Martel, je vous propose de travailler en deux étapes. Vous pourrez d'abord consulter le manuscrit original sans le manipuler. Ensuite je vous remettrai une copie pour l'étudier. Vous pourrez rester le temps que vous voudrez, une chambre est à votre disposition. Dès que vous aurez terminé l'authentification, nous reparlerons de la procédure d'achat. Cela vous convient-il ?

– Oui. Mais vous n'avez jamais évoqué la présence du Guide Suprême dans cette procédure.

– Exact. Il m'a fait l'honneur de me confier toutes les étapes de la transaction. Mais il souhaite tout de même vous connaître. Afin que vous ne soyez pas surpris de ses exigences en matière de sécurité, je vais vous dire comment se déroulent les rencontres avec lui.

Les explications se révélèrent effectivement très utiles, évitant les découvertes de dernière minute.

Le Mercedes Viano s'arrêta un instant, puis redémarra avant de s'immobiliser de nouveau.

– Nous sommes arrivés, annonça l'Apostolique en déclenchant le mécanisme d'ouverture de la porte latérale. Notre Guide Suprême et les Soldats de la rédemption vous souhaitent la bienvenue !

Une solennité de propos à donner le frisson. Était-ce calculé ?

Le couple descendit et découvrit les hauts murs qui les entouraient ainsi qu'un garde encagoulé et lourdement armé. Diane reconnut aisément un SIG-550, le fusil d'assaut de l'Armée suisse.

Tout se passait comme prévu, pourtant Diane avait l'impression de se jeter dans la gueule du loup.

- 52 -

Ils étaient enfermés dans leur chambre. C'était prévu. Cela faisait partie de la sécurité. Une pièce dont la fenêtre donnait sur une petite cour intérieure. De par sa taille et son style, c'était sans aucun doute un lieu autrefois réservé à un officier. Grâce à ses connaissances historiques, Bruno avait vu juste : un ancien fort démilitarisé, proche de la frontière suisse. Lequel ? Il l'ignorait. De plus, il ne les connaissait pas tous. Mais quelle importance de le savoir ?

— Je vous laisse prendre possession de votre chambre, avait dit l'Apostolique. Un petit en-cas vous y attend. Je reviens vous chercher dans une heure pour rencontrer notre Guide Suprême et vous conduire jusqu'au manuscrit.

À peine la porte s'était-elle refermée que Diane avait poussé Bruno sur le lit et s'était jetée sur lui.

— C'est super excitant ce château, mon amour ! C'est trop bon d'être avec toi !

Elle était sur lui. Elle fit semblant de l'embrasser avec avidité, enchaîna par quelques doux baisers sur le visage et termina en approchant sa bouche de l'oreille de son coéquipier.

– Il y a des micros, voire des caméras, murmura-t-elle. J'ai déjà repéré un petit rond noir au-dessus du tableau en face du lit. Donc on nous observe. Alors on surjoue.

Il avait tout de suite compris quand elle avait prononcé le terme « mon amour ».

– Je suis toujours persuadée qu'ils ont un doute sur moi. Alors si pour une raison ou pour une autre, il m'arrive quelque chose, ça fait partie des risques de mon métier. Tu dois avoir en tête en permanence que la priorité est le manuscrit.

Bruno pivota pour intervertir leurs positions. À son tour, il lui chuchota à l'oreille :

– Pourquoi, tu dis ça ? Je ne suis pas d'accord, tu as bien plus de valeur qu'un manuscrit.

Dernier retournement provoqué par Diane.

– C'est moi la cheffe et tu obéis ! Maintenant, il faut conclure, sinon ça va leur paraître suspect. On se glisse sous les draps. J'espère que tu n'es pas trop pudique en public et que tu sauras simuler aussi bien que moi…

Bracha avait rejoint Keller dans la salle de contrôle.

– Ça va, Commandeur ? Vous vous divertissez bien ?

Il était tellement captivé par la scène sur l'écran qu'il ne l'avait pas vu arriver.

– J'avais un doute sur cette femme, mentit-il. Je m'assure qu'ils ne sont pas de faux amants.

Bracha observa les soubresauts de la couverture et écouta les gémissements féminins pendant quelques secondes.

– C'est bon ? Vous êtes rassuré, Commandeur ? Suivez-moi ! Le Guide Suprême vous attend. C'est moi qui irai les chercher.

Elle éteignit l'écran.

Keller la suivit jusqu'au grand salon partagé en deux par la vitre blindée. Bracha lui demanda de s'asseoir et d'attendre.

L'image de Diane restait imprimée dans la tête du Commandeur. Il n'arrivait pas à se défaire de toutes les questions qui survenaient. Il avait étudié et réétudié tous les documents la concernant. Ils sonnaient faux.

53

15 h

Bracha déverrouilla la serrure et ouvrit la porte de la chambre sans frapper. Qu'ils aient ou non fini leurs ébats l'indifférait. Pourquoi le Commandeur avait-il aussi invité la femme ? Elle n'était d'aucune utilité, le professeur d'histoire seul aurait suffi. Mais Joseph avait validé l'accompagnement féminin, alors Bracha s'était inclinée. Peut-être Joseph voulait-il la convaincre de rester ? Ce ne serait pas la première fois.

Assis au bord du lit, Bruno et Diane terminaient leur frugal repas. Ils s'étonnèrent de l'arrivée surprise de la femme en noir. Celle-ci se montra fort peu sympathique dans ses propos, les invitant toutefois à la suivre.

Diane avait chaussé ses lunettes, pour le cas improbable où la transmission fonctionnerait. Elle observait tout, à l'affût du moindre détail.

Bruno, lui, s'efforçait de ne pas décrocher de l'objectif, car son esprit anticipait les évènements historiques qu'il allait vivre. Outre la découverte de l'évangile de Lazare, la rencontre avec le fondateur des Soldats de la rédemption serait un moment inoubliable. Déjà, il réfléchissait à l'éventualité de compléter sa thèse.

Bruno et Diane découvrirent le grand salon partagé par son immense vitre centrale. L'Apostolique déjà installé les invita à s'asseoir. Sur une desserte trônaient trois verres remplis d'une boisson pétillante. Bruno ne put s'empêcher de penser à l'empoisonnement, méthode d'assassinat prisée des Soldats. La raison lui rappela le but de la rencontre : l'authentification du manuscrit en vue de sa vente. Donc aucun risque que les verres contiennent du poison !

L'Apostolique réitéra l'importance du respect du protocole en insistant qu'en cas de manquement, le Guide Suprême était capable de tout arrêter. Bruno connaissait tout cela par cœur, mais Diane, ignorante du rituel et des usages, se sentait plongée dans un monde ubuesque.

Bracha réapparut, mais cette fois-ci de l'autre côté de la vitre. Elle s'assura que tout était en place puis repartit.

La porte du fond se rouvrit. Le Guide Suprême fit son entrée dans sa tenue d'apparat. Il était bien plus énorme que les rares photos que l'on possédait de lui.

Le trio se leva et s'inclina conformément au protocole. Bruno fut le premier à voir arriver à la suite du Guide l'adepte vêtue de sa robe de bure. Le rituel était bien rodé.

Stupeur !

Bruno reconnut immédiatement Claire malgré sa progression, tête baissée, en direction du Guide

Suprême qui venait de s'asseoir.

C'est impossible ! Claire est en prison au centre pénitentiaire de Rennes. Elle ne peut pas être ici !

Un sosie ? Non, aucun doute n'était permis, c'était bien Claire !

Incompréhensible ! Comment est-elle parvenue jusqu'ici ? Le colonel ? Il l'aurait fait libérer ? Impensable !

Et l'autre série de questions : Claire, à nouveau adepte des Soldats de la rédemption ?

Mais non, elle s'en est sortie. Et si elle avait replongé ? Dramatique ! À moins qu'on l'ait forcée !

Claire s'agenouilla à côté du Guide.

Claire, non ! Claire, tu avais retrouvé ta lucidité. Non, tu n'as pas fait ça ?

L'envie de se précipiter sur elle en oubliant la vitre. Bruno était totalement désemparé. Claire posa la tête sur la cuisse du Guide Suprême. Celui-ci lui caressa les cheveux.

Une atroce souffrance pour Bruno ! Crier ? Hurler ? Faire cesser cette mascarade ? Heureusement, la raison l'emporta. La seule façon de sauver Claire était de ne pas montrer qu'il l'avait reconnue.

En observant son coéquipier, Diane sentait qu'il se passait quelque chose, mais elle ignorait quoi.

Pour sa part, Claire ne faisait aucun cas des invités de l'autre côté de la vitre. Elle avait pour unique objectif la satisfaction du Guide Suprême afin d'aller jusqu'au bout et retrouver sa liberté et ses enfants. Jean-Luc et Sarah le lui avaient promis.

Le Guide prit la parole.

— Bienvenue cher professeur ! Je connais votre remarquable expertise dans les domaines de l'Histoire et de la théologie. Vous n'avez pas toujours été tendre avec notre religion, nous pourrions en débattre, mais votre venue a un objectif tout autre. Alors, je ne vais pas nous en détourner. Authentifiez le précieux manuscrit afin que votre commanditaire concrétise son achat au plus vite !

Aucun mot pour Diane complètement ignorée par le Guide Suprême. Cette situation satisfaisait toutefois pleinement le capitaine Boldini.

Bruno était parvenu à surmonter son désarroi. Il avait renoué avec la réalité en écoutant les paroles de Joseph Johnson. Cependant, il se sentait désormais investi d'une seconde mission : arracher une nouvelle fois Claire aux griffes de ces déments !

Lui avait réussi à s'affranchir de l'émotion, mais comment Claire réagirait-elle quand elle le reconnaîtrait ?

54

– Va me chercher à boire !

Obéissant à l'ordre reçu, Claire redressa la tête, se releva et alla jusqu'au réfrigérateur, le même que celui de la chambre. Elle prit la carafe de Piña Colada. Six fois qu'elle répétait les mêmes gestes depuis la veille, sans toutefois s'habituer au goût de l'infâme cocktail sirupeux.

Combien de temps devrait-elle encore supporter tout ça avant de retrouver la liberté ? Le Piña Colada n'était qu'un détail. Il y avait surtout le reste qui consistait à satisfaire ce gros porc. L'accompagner toute la journée et répondre à ses désirs. Lui offrir son corps jusque dans ses endroits les plus intimes. Seulement pour un toucher, certes, car le monstre de viande était bien incapable de bander. Les palpations étaient tellement humiliantes. Et puis il y avait surtout le final, quand il fallait conclure par la caresse buccale que l'immonde personnage faisait durer faute de pouvoir éjaculer.

Il était le Guide Suprême. Claire ne pouvait rien trouver à redire. La honte et le dégoût n'avaient pas leur place. L'espoir était la seule bouée de sauvetage à laquelle elle s'accrochait.

Claire rapporta le verre rempli du sirupeux cocktail et se remit à genoux à la même place. Comme elle en avait désormais l'habitude, elle but la moitié du contenu et tendit le restant au Guide Suprême.

Dans l'autre partie du salon, tous regardaient la scène en patientant. Bruno comprit que Claire était devenue la goûteuse du Guide Suprême.

Au bout d'une interminable minute, Joseph Johnson leva enfin son verre.

– Buvons à l'évangile de Lazare, monsieur Martel !

Derrière la grande vitre, chacun se saisit de sa flûte et but : un *Cerdon*. Le Bugey n'était pas très loin.

Claire releva les yeux en entendant le Guide Suprême prononcer le nom de Martel. Elle vit alors distinctement les personnes de l'autre côté de la vitre. Son regard croisa celui de Bruno. Elle retint un cri.

Bruno qui occupait ses pensées depuis qu'ils s'étaient retrouvés. Bruno qu'elle n'avait pas revu depuis son arrestation. Que faisait-il ici ? Était-il venu pour la délivrer ? Il était hélas trop tard ! Ne plus penser à lui. Faire comme si elle ne l'avait pas reconnu.

Le chasser de son esprit où seuls ses enfants avaient droit de présence.

Claire ferma les yeux et rebaissa la tête.

Les verres étaient maintenant vides. Le Guide

Suprême posa la main sur le crâne de sa disciple et lui appliqua une caresse pleine de sous-entendus.

— Je vous souhaite un bon travail, monsieur Martel. Dès que vous aurez terminé votre tâche, nous nous reverrons pour conclure.

Le rideau métallique entama sa descente le long de la vitre.

- 55 -

Le manuscrit était là, sous ses yeux, enfermé sous une vitrine d'exposition comme dans les musées.

Bruno était sous le charme. Des papyrus vieux de dix-neuf siècles ! Incroyable !

Il avait bien fallu ce trésor pour chasser momentanément Claire de ses pensées.

Bruno lut quelques lignes en silence et les traduisit. Le passage relatait la traversée de la Méditerranée par l'embarcation partie de Palestine. Le terme exact était *navis* (bateau) et non pas *barca* (barque) comme le racontait la légende. Un détail qui rendait ainsi plus crédible le voyage de la Palestine jusqu'à la Gaule. Il était écrit explicitement que le corps embaumé de Jésus reposait à l'avant de l'embarcation. Une bombe théologique comme il le pressentait. Marie-Madeleine demeurait jour et nuit au chevet de la dépouille du Christ.

Une bombe, oui, mais à condition que le manuscrit soit authentique !

Le Commandeur Jean-Luc Keller observait Bruno et devinait son enthousiasme par les mimiques de son visage. Quand il jugea que le professeur d'histoire avait passé assez de temps penché au-dessus du présentoir, il intervint :

— Seules quelques pages du manuscrit sont visibles sous la vitrine. Vous remarquerez qu'elles sont nombreuses en dessous. Afin de vous faciliter la tâche, nous mettons à votre disposition une tablette avec l'intégralité du texte scanné ainsi qu'un tirage papier que vous pourrez annoter à votre convenance.

Bruno ne put qu'acquiescer. Il ne rencontrait pas souvent de telles conditions de travail.

Il fit toutefois part d'un point gênant : il allait certes valider le contenu du manuscrit. Mais rien ne prouvait que les papyrus datent du IIe siècle.

— Votre rigueur vous honore, monsieur Martel. Observez en bas à droite ! dit Keller en désignant une page sous la vitrine. Il manque un minuscule morceau.

Puis il sortit un document de dessous le présentoir.

— C'est le certificat d'un laboratoire renommé authentifiant l'âge des papyrus. Regardez ! Il y a le fragment découpé qui a servi à la datation ! Nous allons dès maintenant envoyer ces éléments à votre commanditaire. En parallèle de la validation que vous allez réaliser, il pourra s'assurer de la véracité du certificat auprès de l'établissement qui a procédé à l'analyse.

Keller se garda bien de préciser que le patron du laboratoire en question était un Commandeur.

— Je dois reconnaître que vous n'avez rien laissé

au hasard, répliqua Bruno. Je vais tout de suite commencer l'authentification. À ce propos, c'est un travail fastidieux qui risque d'être long. C'est pourquoi je souhaite que mademoiselle Boldini m'aide dans cette tâche.

— Je n'y vois aucun inconvénient. Notre bibliothèque est assez spacieuse pour y travailler à deux. Je vais vous y conduire. Dernier point : ce soir, nous dînerons ensemble. Cela nous permettra de faire plus ample connaissance.

Présente mais restée en retrait, Diane avait suivi la conversation. Elle se serait bien dispensée de ce dîner où il faudrait faire preuve de la plus grande vigilance.

Elle s'interrogeait toujours sur l'existence d'un possible piège, mais se sentait toutefois de plus en plus rassurée. Bruno se montrait très professionnel et tout se déroulait comme prévu.

56

Bruno avait étalé les pages du fac-similé de l'évangile sur la grande table dans la bibliothèque mise à sa disposition par le Commandeur. Il était satisfait d'avoir trouvé parmi l'importante collection d'ouvrages, un dictionnaire *Gaffiot* dans sa version complète, instrument de travail indispensable pour les subtilités de traduction latine. Et pour finir, il avait réclamé un crayon, une gomme et quelques feuilles blanches que l'Apostolique s'était empressé de lui fournir.

Il donnait de vive voix quelques consignes à Diane en rapport avec le manuscrit et prenait des notes qu'il lui montrait. Parmi elles, il inscrivit discrètement :

Adepte avec robe de bure est Claire.

Quelques échanges sans rapport, puis Diane écrivit :

Pas reconnue.

Rien d'étonnant, elle ne l'avait vue qu'en photos. Bruno nota au-dessous :

C'est le colonel qui l'a fait sortir ?

Diane trouvait qu'ils prenaient trop de risques avec ce dialogue sur papier :

Stop. On en parle dans le lit.

Dès que Bruno eut pris connaissance de la

dernière phrase, Diane attrapa la gomme et effaça la totalité de l'échange écrit.

Le professeur d'histoire se remit au travail. Dans sa tête se combinaient intelligemment le texte latin et sa traduction instantanée en français :
La barque de Marie de Magdala s'était échouée sur les rivages de la Gaule à l'est de Massilia[1] *où elle se rendit pour prêcher la bonne parole. Puis la Magdaléenne partit en direction de l'est. Elle se donna pour mission d'évangéliser la Narbonensis secunda*[2].

S'en suivait le périple pour atteindre le Massif de la Sainte Baume où fut enseveli le corps du Christ.

La bombe continuait d'exploser.

Bruno annotait, recopiait, consultait le *Gaffiot*, recoupait les évènements avec ses connaissances. Pour l'instant, il n'avait trouvé aucune faille. Seules restaient en suspens des vérifications complémentaires pour lesquelles il ne possédait pas assez de compétences.

Il était entièrement absorbé par sa tâche et s'était complètement transporté dans l'évangile de Lazare.

Dix-sept heures, nouvelle bombe : le terme de *vidua* (la veuve) pour qualifier Marie-Madeleine. Sujet déjà maintes fois traité, mais il était intéressant de constater que l'évangile de Lazare évoquait lui aussi un possible mariage entre Jésus et Marie-Madeleine.

---

[1] Marseille.

[2] Narbonnaise seconde. Province romaine correspondant en partie à la Provence.

Vers vingt heures, l'Apostolique pénétra dans la bibliothèque. Voyant Martel et sa secrétaire en plein travail, il les observa avant de les déranger. Keller continuait de s'interroger, surtout à propos de Diane. Mais pour l'instant, la priorité était de savoir où en était le professeur d'histoire pour réaliser la transaction au plus vite.

– Hum ! Hum ! Je vous prie de m'excuser, mais le dîner est prêt.

Nouvelle salle, nouvelle découverte architecturale dans ce fort du XIXe siècle. L'époque de construction ne laissait désormais plus le moindre doute à Bruno. Ils s'attablèrent. Pas d'autres invités, ni le Guide Suprême, ni la femme en noir.

Le Commandeur en personne alla chercher les plats. Malgré tout le danger que comportait une nouvelle rencontre, Bruno avait imaginé un instant et même espéré qu'il reverrait Claire dans un rôle de serveuse. Les élites de la secte savaient exploiter les adeptes autant pour des tâches domestiques que pour satisfaire à des obligations moins respectables. L'exemple de Claire avec le Guide Suprême en était un parfait témoignage. Bruno se faisait du mal en y pensant. Mais il fallait se montrer réaliste et ne pas se leurrer : Claire avait sans nul doute succombé une fois encore à l'endoctrinement des Soldats et franchi une nouvelle étape en devenant l'esclave consentante du Guide Suprême.

Oh, Claire, comment as-tu pu en arriver là ?

Il chercha à ne plus y penser. Pour cela, il se raccrocha à la conversation que le Commandeur avait entamée avec Diane. Il était admiratif. Sa coéquipière oscillait entre deux postures : la secrétaire très professionnelle et la maîtresse pas très finaude, sans toutefois trop forcer le trait pour rester crédible.

Il trouva cependant l'Apostolique très indiscret en interrogeant Diane sur des sujets autant personnels que professionnels. Avait-il un doute comme l'avait imaginé Diane ? Cherchait-il à la piéger ? Si tel était son but, il n'y parvint pas. Diane expliqua son poste à l'université comme si elle y travaillait depuis plusieurs années. Elle parla aussi avec conviction de ses loisirs. Réels ou inventés ? Bruno l'ignorait.

L'authentification du manuscrit s'invita enfin dans la conversation. Le professeur d'histoire prit le relais et fit part de l'avancement, sans trop développer le sujet. Ne révéler ni les certitudes ni les interrogations concernant l'authenticité de l'évangile. Pour lever les derniers doutes, il eut une idée :

— Ne détenant pas un savoir universel, j'aurais besoin d'entrer en contact avec l'extérieur pour valider certains points.

Il s'attendait à une réponse négative, pourtant le Commandeur approuva :

— Nous avons prévu cette éventualité. Précisez-moi votre demande ?

— Je voudrais juste pouvoir passer un coup de fil.

— Cela devrait-être possible. Nous en reparlerons demain. À ce sujet, quand pensez-vous livrer votre verdict à votre commanditaire ?

– J'ai encore du travail, mais au plus tard demain soir en fonction des difficultés rencontrées.

– Il faudra alors lui donner le feu vert pour le paiement. Vous repartirez avec le manuscrit seulement une fois l'achat réglé. Ce qui signifie que vous restez nos hôtes encore quelque temps. J'en suis ravi.

57

21 h

Faisant mine de ne pas voir la caméra, ils s'étaient habillés pour la nuit, s'étaient couchés et avaient éteint la lumière.

La prudence restait de mise pour le cas où le modèle soit à infrarouge et permette une vision nocturne.

Ils étaient allongés sur le côté, les visages suffisamment proches pour s'entendre chuchoter.

Enfin, ils allaient pouvoir se parler. Bruno avait attendu cet instant avec impatience. Il avait besoin de vider toute l'émotion qui s'était accumulée depuis l'arrivée au fort et qui n'aspirait qu'à sortir. L'incroyable moment historique, mais surtout la découverte de Claire dans les lieux et le constat de son nouveau plongeon dans la secte.

— La disciple au service du dément derrière la vitre, c'est bien Claire, tu en es certain ? murmura Diane.

— Certain !

— Elle t'a reconnu ?

— Je n'en sais rien. Elle paraissait dans un état second. Peut-être l'ont-ils droguée, mais je crains que non. Elle était encore fragile. La prison n'a rien arrangé. Les Soldats ont dû réussir à la convaincre et elle a replongé. Si tu savais comme ça me fait mal !

Précision inutile. Diane avait compris. Elle l'enlaça. La gorge serrée, les larmes aux yeux, il accompagna le geste en appuyant la tête contre le buste féminin. C'était stupide, mais il avait un tel besoin de réconfort. Il huma l'odeur de la peau féminine et la discrète fragrance de vanille et d'abricot toujours présente.

Malgré l'apaisement que lui apportait cet instant, il se sentait vraiment ridicule. Son amour-propre de mâle viril en prenait un sacré coup. Cette femme qu'il côtoyait intimement depuis quatre jours devenait un havre de consolation. Il était tel un enfant cherchant à se sécuriser dans le giron de sa mère.

La thérapie dura quelques instants et se révéla efficace. Bruno se secoua. Déjà, il regrettait son attitude.

— Excuse-moi ! J'ai été ridicule.

— Pas du tout. C'est maintenant que tu es ridicule en t'excusant.

Elle aurait eu envie d'ajouter qu'elle avait aimé qu'il se soit blotti contre elle, qu'elle était heureuse de lui apporter un peu de réconfort dans le silence qui les avait unis.

La position de Diane n'était pas plus facile. Elle portait la mission à bout de bras. Elle était en permanence sur le qui-vive et devait se tenir prête à prendre toute initiative. Le poids psychologique n'était pas plus facile à porter. Mais à la différence de Bruno, elle avait reçu une formation et un entraînement pour gérer de telles situations.

Elle ramena le visage de Bruno vers le sien.

– Pour répondre à ta question de cet après-midi, je crains que le colonel se soit fait griller la politesse par les Soldats. Ils ont certainement fait évader Claire et ont trouvé un moyen pour la convaincre de revenir à ses vieux démons. J'ignore lequel. Je m'étonne d'ailleurs que l'évasion n'ait pas fait la une des radios et des télés. Bon, maintenant parle-moi du manuscrit !

Bruno s'était pleinement ressaisi.

– Je n'ai pas terminé, mais pour l'instant cet évangile me paraît authentique. Un faux aurait recelé des erreurs autant religieuses que linguistiques et non visibles pour un simple latiniste, mais je n'ai relevé aucune anomalie. J'ai seulement besoin de réponses à quelques interrogations mineures pour mener mon travail à son terme.

– Justement. Qui veux-tu appeler pour lever ces interrogations ?

– Tu vas rire !

Elle comprit à qui il faisait allusion.

– Non ?

– Si ! Fabrice est la seule personne capable de répondre à mes questions. Sans nous envoyer des fleurs, nous ne sommes que quelques-uns à posséder une connaissance pointue mêlant l'Histoire, la théologie et l'évolution de la langue latine à travers les siècles. Chacun de nous a toutefois des lacunes et l'un détient parfois la connaissance de détails que l'autre ne possède pas.

– En tout cas, j'ignore comment l'Apostolique va s'y prendre pour te laisser téléphoner sans risquer un repérage. À ce propos, j'espère que mes lunettes ont fonctionné jusqu'à notre arrivée, ainsi le colonel aura pu non seulement nous localiser, mais aussi être en possession des mêmes informations que nous.

Quelques échanges plus tard, tout était dit. Ils décidèrent de dormir. Le lendemain serait sans doute aussi épuisant. Aucun n'éprouva le besoin de s'éloigner de l'autre. Malgré leur intense activité cérébrale peu propice au sommeil, ils s'endormirent sagement.

<h1 style="text-align:center">- 58 -</h1>

Fort Tramons – jeudi 11 juin

À sept heures, ils avaient entendu frapper. Bruno était allé ouvrir et avait trouvé devant la porte un chariot avec un Thermos de café, du pain, du beurre et de la confiture. Faute de consignes complémentaires, le couple avait pris le petit déjeuner dans la chambre. Galamment, Bruno avait préparé les tartines pendant que Diane avait effectué ses rituels exercices physiques sur le carrelage froid. Un programme court toutefois pour ne pas attirer l'attention.

À huit heures, ils avaient rejoint la bibliothèque.

Bruno était vêtu de son traditionnel polo gris. Diane avait troqué son tee-shirt pour un chemisier beige. Elle portait ses lunettes pour le cas bien improbable où les communications ne seraient plus brouillées.

Après deux heures passées à étudier la dernière partie du manuscrit, il ne restait plus qu'à valider les détails pour lesquels le professeur d'histoire ne possédait pas la compétence.

Bruno donna le numéro de Fabrice Ligier à

l'Apostolique en expliquant qu'il était un peu son double dans l'expertise historique et théologique. Sans doute le Commandeur le connaissait-il sans le savoir. Il y avait en effet fort à parier que Fabrice n'était pas passé inaperçu en débarquant à l'improviste à Aix-les-Bains dans la plus grande « discrétion ». Mais Bruno se garda bien d'évoquer le sujet.

L'Apostolique conduisit le professeur d'histoire dans une sorte de sas et lui remit un téléphone.

– C'est le seul endroit où vous pouvez passer une communication et uniquement avec ce téléphone connecté à un réseau spécial. Appuyez sur le zéro, le numéro de votre collègue sera composé automatiquement. Pour ne rien vous cacher, je vous informe que je vais écouter votre conversation dans la pièce à côté.

Trois sonneries, puis :
– Allo ?
– Fab ? C'est moi Bruno.
Un bref silence.
– Faux frère ! Espèce de salopard ! Ça t'a amusé de me poser un lapin hier à la piscine ?
– Non, désolé, Fab ! J'avais besoin de me retrouver seul avec Diane.
– Ça ne m'étonne pas, elle doit baiser comme une reine, la chasseresse. Et si tu veux mon avis, tu t'es fait complètement envoûter.
– Oui, enfin non. Excuse-moi, Fab ! Mais je t'appelle pour autre chose en rapport avec le boulot.

– D'un numéro masqué en plus ? Je pue, c'est ça ? Qu'est-ce que tu me caches ? Bon, allez ! Vas-y, on réglera nos comptes plus tard.

– Merci, Fab.

Il fallait désormais poser les questions sans en dévoiler la raison. Il commença :

– L'an dernier, tu as animé une conférence sur les altérations de la langue latine selon les régions de l'Empire romain. Je crois me souvenir que tu avais pris comme exemple la Judée. Peux-tu me fournir quelques déformations possibles du latin tel qu'il était écrit en Judée ?

– Dans les évangiles par exemple ?

Aïe ! J'ai été trop précis. Tant pis, je confirme.

Fabrice Ligier ne réclama pas de détails supplémentaires. En revanche, il décida de profiter de la situation.

– Ça m'a l'air vachement important pour toi. Alors, je vais te proposer un marché pour réparer ta sale embrouille d'hier : tu me passes Diane, je suis sûr qu'elle est avec toi. Elle accepte de dîner avec moi en tête à tête un soir de la semaine prochaine et je réponds à ta question.

Le con ! Bruno n'avait pas d'autre mot à la bouche.

Appel à la raison, exigences, évocations de services rendus dans l'autre sens, supplications, rien n'y fit. Bruno dut se résoudre à aller chercher Diane. Il espérait que l'Apostolique comprendrait.

Après un aller-retour à la bibliothèque, quelques

sommaires explications à l'Apostolique, Bruno revint dans le sas accompagné de Diane. Celle-ci attrapa le téléphone.

— Allo, Fabrice. C'est Diane, annonça-t-elle sèchement. Que veux-tu ?

— D'abord te dire que je te trouve hyper excitante quand tu te mets en colère. Ensuite, connais-tu le restaurant *Les Chandelles* ?

— Non !

— Alors je t'invite mardi soir prochain pour un petit dîner romantique. Qu'en dis-tu ?

Un repas en tête à tête avec cet abruti, certainement pas. Mais, elle répondrait oui. Elle n'aimait pourtant pas mentir dans sa vie privée, mais le contexte était professionnel.

— Bon tu as gagné. D'accord pour ton resto mardi !

Est-il aussi naïf que ça ? s'interrogea-t-elle. Elle lui repassa Bruno.

Désormais le dialogue entre les deux profs n'était compréhensible que par eux. Fabrice leva toutes les incertitudes auxquelles il pouvait répondre.

Quand ils raccrochèrent, Bruno était satisfait. Il ne restait plus qu'un point en suspens. Il concernait la Gaule romaine. Il décida de faire l'impasse.

Il était onze heures. Avec Diane à ses côtés, Bruno Martel annonça solennellement à l'Apostolique qu'il validait l'authenticité du manuscrit.

- 59 -

L'attente était insoutenable. Bruno avait utilisé une nouvelle fois le téléphone du sas pour transmettre à l'acheteur le code secret convenu au sujet de l'authenticité du manuscrit. Le numéro fourni à l'Apostolique était censé être celui de son commanditaire, un riche collectionneur. La réalité était un peu différente : la communication, officiellement à destination des États-Unis, aboutissait en fait dans les services du colonel. Impossible pour ce dernier d'identifier la provenance géographique de l'appel, mais aucune importance, l'officier supérieur savait où son équipe se trouvait. La réception du code signifiait que Martel avait terminé son travail.

Diane et Bruno patientaient dans la bibliothèque, sans prononcer le moindre mot. Ne pas risquer un ratage si près du but !

L'Apostolique les avait abandonnés un instant pour se rendre dans la salle de contrôle où déjà Bracha l'attendait. Suivre le couple sur l'écran de la vidéosurveillance n'était plus d'actualité. Keller s'installa devant l'ordinateur et informa la femme en noir :

– Voilà, je suis connecté. Nous allons voir arriver les bitcoins dans notre portefeuille[1] dès que l'acheteur procédera au versement.

– Et si ce n'est pas le cas ?

– Toujours aussi optimiste, ma chère Bracha ! Mais j'ai prévu cette éventualité.

À Paris, dans le bunker, le colonel regardait attentivement l'écran de l'ordinateur.

– Le moment est venu de vérifier si votre leurre fonctionne, Grabowski.

– Je n'ai aucun doute là-dessus, répliqua l'informaticien. L'environnement fantôme est opérationnel. Tout est prêt. Je passe en mode espion pour m'assurer qu'ils sont bien connectés.

Grabowski pianotait sur le clavier à la vitesse de l'éclair.

– Oui, ils le sont, annonça-t-il.

– Alors, lancez le virement ! ordonna le colonel en tripotant le pommeau de sa canne.

Il médita un instant. Par cette petite phrase, il voyait s'envoler sept cents bitcoins soit plus de deux millions d'euros au cours du moment. Une somme énorme confiée par le Vatican aux services secrets français. Mieux valait que tout se passe comme prévu.

Au fort Tramons, les yeux rivés sur l'écran de l'ordinateur, Jean-Luc Keller vit se mettre à jour le

---

[1] Les paiements en bitcoins se font entre porte-monnaie ou portefeuilles virtuels.

portefeuille de monnaie virtuelle. Il aurait volontiers poussé un hourra de victoire si Bracha n'avait pas été derrière lui. Il lui montra seulement la ligne de l'opération de réception des bitcoins. Elle s'obligea d'un sourire et s'en alla.

— Je vais informer notre Guide Suprême de l'arrivée du paiement.

Keller soupira. Bracha n'avait pas prêté attention aux références du compte auquel le portefeuille appartenait.

15 h

Muni de gants, l'Apostolique ouvrit le présentoir et roula les papyrus avec une extrême délicatesse en raison de leur fragilité. Il les plaça ensuite dans un tube de transport équipé d'une sangle d'épaule.

– Notre Guide Suprême désire assister à la remise officielle de l'évangile, annonça-t-il à Bruno. Nous allons donc tous nous retrouver dans le grand salon.

Selon le rituel, le trio s'installa dans les fauteuils face à la vitre. Diane s'étonna de la présence d'un garde armé de son SIG-550. *Sans doute pour protéger le tube contenant le précieux manuscrit*, se dit-elle malgré l'absence de risque dans l'enceinte du fort.

De l'autre côté de la vitre, le Guide Suprême fit son entrée, accompagné par Claire vêtue de sa robe de bure. Bracha suivit.

Aucune surprise, mais Bruno n'en ressentit pas moins un pincement au cœur en voyant apparaître celle qu'il aimait. C'était l'absence de contrainte qui lui faisait le plus mal. Comment Claire vivait-elle cette aliénation mentale ? Comment pouvait-elle avoir de nouveau perdu sa lucidité ? Et enfin l'ultime question : comment la sortir de là ?

Il l'observa s'agenouiller au pied de Joseph Johnson. Cette attitude de soumission lui semblait encore plus abjecte que la veille.

Bruno réfléchissait au moyen d'emmener Claire quand Diane et lui quitteraient les lieux avec le manuscrit. Par la force ? Impossible ! Par simple demande ? « Cher Guide Suprême, veuillez laisser partir votre adepte avec nous ». Ridicule ! La dernière question faisait encore plus mal : Claire souhaitait-elle vraiment s'en aller ?

Les paroles du Guide Suprême ramenèrent Bruno à la réalité. Un long discours, véritable prêche qui se termina par une congratulation générale pour saluer l'aboutissement de la transaction.

— Commandeur, le moment est venu de remettre l'évangile de Lazare à notre acheteur !

Jean-Luc Keller tendit solennellement des deux mains à Bruno Martel le tube noir contenant les papyrus, puis il s'adressa à Joseph Johnson.

— Nous allons lever nos verres à cet évènement historique, Guide Suprême. Mais auparavant, je constate que votre disciple est à votre convenance et je m'en réjouis.

Que venaient faire ces paroles inappropriées au contexte ? Elles amplifièrent un peu plus la peine de Bruno. En revanche, ces propos interpellèrent Diane, surtout quand elle remarqua un échange de regards entre Claire et l'Apostolique.

— Elle est parfaite, Commandeur. Tu m'as fourni

une bonne recrue.

Claire se leva et effectua les gestes rituels depuis le réfrigérateur jusqu'à son retour en position à genoux. Comme d'habitude, elle but la moitié du cocktail. Mais au lieu de tendre le verre à demi vidé au Guide Suprême, elle le posa sur le sol à côté d'elle et bascula le buste vers l'avant pour se prosterner aux pieds de son maître spirituel.

Ce geste spontané : un spectacle affligeant ! Bruno se lamentait intérieurement. Diane observait. Elle remarqua le discret mouvement de la main droite de Claire.

- 61 -

Grabowski paraissait perplexe. Le colonel s'en aperçut :

– Quelque chose ne va pas ?

– Deux ! La première, ils ne se sont pas déconnectés. Mais leur ordi est inactif depuis un bon moment, je pense juste que c'est un oubli et qu'il n'y a plus personne devant l'écran.

– Et la seconde ?

Grabowski répondait tout en jouant du clavier à une vitesse faramineuse, une attitude qui agaçait manifestement l'officier militaire.

– Je viens de m'apercevoir qu'ils ont changé de portefeuille au dernier moment.

– En clair ?

– Ils nous ont fait verser les bitcoins sur un portefeuille qui n'était pas celui initialement prévu.

Sueurs froides ! Le colonel voyait déjà disparaître les deux millions d'euros du Vatican.

– Mais l'argent ? Où est-il passé ?

– Cool ! Pas de stress ! Je vous rappelle que leur environnement est un leurre que j'ai construit. L'argent n'est jamais parti de chez nous. Ils croient juste qu'il est dans leur nouveau portefeuille virtuel.

Ouf ! Malgré la difficulté de compréhension technique, le colonel se sentit rassuré. En revanche, ce changement de compte de destination apportait une interrogation.

Était-il simplement le résultat d'une ultime procédure de sécurité de la part des Soldats ? Ou bien, les Soldats étaient-ils victimes d'un détournement de la somme versée ? Si cette seconde hypothèse s'avérait exacte, la situation devenait cocasse, mais potentiellement dangereuse pour son équipe tant qu'elle n'aurait pas quitté le fort Tramons.

C'était le moment d'envoyer le capitaine Charente au plus près de l'ancien bâtiment militaire pour apporter un appui logistique.

Le colonel se retourna vers Grabowski qui n'avait pas lâché son clavier :

— Avez-vous le moyen d'identifier le propriétaire de cet autre portefeuille ?

— C'est ce que je suis en train de faire depuis cinq minutes. Pas facile à craquer, ce nouveau compte ! Pour une fois, ils ont mis des sécurités qui tiennent la route. Ah, si, ça y est ! Un pseudo pour l'anonymat, bien sûr ! Voyons voir l'adresse mail de récupération du compte ! Tiens, tiens, ça me rappelle quelque chose.

— Quoi ? demanda le colonel impatient.

— Un truc en lien avec la recherche l'autre jour. Vous vous rappelez ?

— Soyez plus précis, merde !

Grabowski eut un rictus de satisfaction :

– L'adresse mail de récupération de ce nouveau compte appartient à Jean-Luc Keller !

- 62 -

— Je ne t'ai pas demandé de te prosterner. Relève-toi !

Le Guide aimait pourtant la position de la disciple, mais n'en étant pas à l'initiative, il avait jugé ce rappel à l'ordre nécessaire. La règle était stricte : la goûteuse devait toujours se tenir à genoux, le temps de constater que la boisson n'était pas empoisonnée.

— Mon verre ! Vite !

Claire prit le verre posé sur le sol à côté d'elle et le tendit au Guide Suprême qui s'en saisit et le leva pour porter le toast.

De l'autre côté de la vitre, chacun reproduisit le même geste.

Vivement que tout cela se termine, pensa Bruno ! Il ne supportait plus ces simagrées ridicules.

Keller ne lâchait pas Claire du regard depuis qu'elle avait goûté au verre de Piña Colada.

Acheteurs et vendeurs burent en même temps.

Claire ferma un instant les yeux.

Enfin la libération ! Je vais revoir mes enfants.

Il ne se passait rien. Un doute l'envahit. Elle

rouvrit les yeux et glissa la main jusqu'au bas de sa robe. L'ourlet mouillé la rassura.

Soudain, Joseph Johnson toussa. Il fut agité de soubresauts, puis son corps se tétanisa et ses yeux se révulsèrent. Il bascula sur le côté. Puis plus rien. Il n'était plus qu'une masse de chair inerte. Bracha se précipita vers lui, complètement désemparée. Elle tenta de le redresser sans y parvenir. Non, ce n'était pas possible ! Il ne pouvait pas… Hélas si ! Il était mort !

Sa dernière rédemption !

Claire respira. Elle avait cru un instant que ce moment n'arriverait jamais. Le poison contenu dans l'ourlet de la robe s'était bien dissous dans le verre. Elle avait respecté son engagement, elle allait commencer une nouvelle vie avec ses enfants.

Stupeur de l'autre côté de la vitre ! Keller constata que la deuxième étape de son plan s'était déroulée à merveille. Plus qu'à en effacer les traces. Il se leva, désigna Claire de l'index et cria :
— Cette femme a empoisonné notre Guide Suprême. Abattez-la !
Obéissant au signe de tête du Commandeur, le garde pointa son fusil mitrailleur sur Claire. Une longue rafale partit. Mais les balles ne parvinrent qu'à ébrécher et fendre la vitre blindée en son angle inférieur. Le tireur insista.
Les rafales continuèrent dans un bruit assourdissant.

Diane ne comprenait rien à la situation. L'urgence était la mise en sécurité de son coéquipier et d'elle-même. Elle attrapa Bruno par le bras et l'entraîna derrière les fauteuils. Pour l'instant, se protéger et comprendre d'où venait le danger. Ah si seulement elle avait eu une arme !

De l'autre côté de la vitre, Claire regardait, abasourdie, le garde tirer sur elle. Sans le blindage du verre, elle aurait été déchiquetée par les rafales.

Enfin elle comprit avec horreur la félonie de Jean-Luc et Sarah. Ils s'étaient servis d'elle. Elle avait été leur bras armé pour tuer le Guide Suprême dans son sanctuaire. Ils l'avaient fait évader de sa prison uniquement pour cela. La nouvelle existence promise n'était qu'un mensonge. L'assassinat accompli, elle ne leur était plus d'aucune utilité. Pire, elle risquait de les dénoncer. Voilà pourquoi Jean-Luc Keller avait ordonné au garde de l'abattre !

En quelques secondes, elle avait tout compris, mais hélas trop tard.

S'enfuir ! Vite !

Elle n'en eut pas le temps ! Bracha avait bondi sur elle en hurlant :

– Tu l'as tué ! Tu l'as tué ! Tu vas mourir !

Plus hystérique que combattante, la femme en noir n'était pas de taille à lutter. Claire s'en débarrassa aisément et s'enfuit par la porte du fond de la pièce.

- **63** -

Un tonnerre de déflagrations et une épaisse fumée ! Une véritable ambiance de guerre !

Le blindage de la vitre ne céderait pas. Keller se rendit à l'évidence et fit signe au garde de cesser de tirer.

Malgré la visibilité réduite, il regarda autour de lui.

— Merde ! jura-t-il. Où sont-ils passés ?

Sous le gros bahut où ils avaient rampé, Diane et Bruno se taisaient. La fumée se répandait dans la pièce. La main plaquée sur la bouche, ils se retenaient de tousser.

— La porte est ouverte, ils ont dû sortir, répondit le garde.

— OK, on les cherchera plus tard. L'urgence est de retrouver la disciple. Elle ne doit pas rester vivante. Les autres gardes ?

— Neutralisés. Avec la dose de somnifère que j'ai versé dans le café, ils ne sont pas prêts de se réveiller.

— D'autres personnes à l'intérieur du fort ?

— Bracha, c'est tout.

— Alors, on y va ! Direction la porte blindée qui donne accès aux pièces sécurisées, mais avant on passe par la salle de contrôle.

Les deux millions d'euros encaissés, le Guide Suprême mort, Keller devait informer Sarah de la réussite de l'opération afin de préparer la suite sans attendre. Bien sûr, il y avait ce premier grain de sable, mais il allait rapidement y remédier.

Urgence numéro un : retrouver Claire Lachard et l'abattre pour l'empêcher de parler. Détruire sa robe pour faire disparaître toute trace de cyanure dans l'ourlet.

Urgence numéro deux : neutraliser Bracha si nécessaire.

Enfin resterait le cas de Diane et de Bruno Martel qui avaient assisté à tout. Si cette putain de vitre n'avait pas résisté, l'élimination de l'empoisonneuse se serait déroulée normalement, il aurait justifié sa mort et on n'en parlerait plus. Mais les deux témoins s'étaient éclipsés. Ils pouvaient retrouver Claire Lachard et devenir à leur tour un risque pour l'opération.

Les neutraliser, eux aussi ? Un sacré cas de conscience ! Keller décida qu'il aviserait le moment venu.

- 64 -

Paris

Le colonel ignorait la façon dont Grabowski s'y prenait, mais il obtenait presque en direct tous les flux informatiques liés à l'opération en cours.

L'officier supérieur prit connaissance du mail que venait d'intercepter Grabowski. Le message émanait d'un ordinateur localisé en Bourgogne, sans doute le domicile français des Keller.

Jean-Luc étant au fort Tramons, il émanait certainement de Sarah Keller.

Mes amis, j'ai une triste nouvelle à vous annoncer. Notre Guide Suprême vient de mourir. Il a été perfidement empoisonné par une mécréante qui se revendiquait disciple de notre doctrine religieuse. À l'heure qu'il est l'infidèle a été exécutée. Notre Guide Suprême est vengé.
J'ai recueilli le dernier soupir de notre Guide Suprême ainsi que ses dernières volontés. Il m'a fait l'insigne honneur de me désigner pour prendre sa suite.
C'est une tâche énorme dont je saurai me montrer digne.
Dès demain, je prendrai contact avec tous les Commandeurs pour poursuivre l'œuvre et tracer le chemin.

Longue vie aux Soldats de la rédemption !

Si ça ne s'appelle pas un coup d'État, ça ! réagit le colonel.

Il s'interrogea aussitôt : et si l'infidèle en question était Claire Lachard ? Eh oui, tout s'expliquait.

Cette histoire dépassait désormais la mission concernant le manuscrit. Il n'était pas dans les attributions du colonel de neutraliser les Soldats de la rédemption.

Informer le ministre s'imposait. Immédiatement !

- 65 -

Fort Tramons

Diane et Bruno sortirent de leur cachette.

— Vite ! Il faut retrouver Claire avant qu'ils ne la tuent ! lança Bruno.

— Non ! D'abord trouver le moyen de se défendre. Si j'ai bien compris, il n'y a pas grand monde dans les lieux.

— Mais Claire est en danger et…

— Bruno ! Si on ne prend pas les choses dans l'ordre, il y aura deux cadavres de plus dans ce fort. Ressaisis-toi ! On sera plus utiles à Claire vivants que morts.

Sauf qu'elle ne croyait pas qu'ils réussiraient à la sauver. Mais surtout ne pas le lui dire !

— N'oublie pas le tube des papyrus, lui lança-t-elle avant de quitter la pièce.

— Je l'ai, répondit-il. Mais ça n'a plus aucune importance. L'évangile est un faux.

— Hein ?

— Oui, c'est une supercherie.

— Pourtant, après ton coup de fil à Fabrice, tu as annoncé à l'Apostolique que le manuscrit était authentique et tu as envoyé le code au colonel.

— Oui, j'ai dit ça mais j'ai transmis le second

245

code. Celui qui signifie faux. J'ai failli faire l'impasse sur un détail. J'ai eu le déclic tout à l'heure dans la bibliothèque. Je n'ai pas pu t'en parler.

Il n'eut pas le temps de lui expliquer. De toute façon elle n'aurait pas compris. Une histoire de terminologie qui tournait autour de *Narbonensis secunda*, la Province romaine Narbonnaise.

Diane ne l'écoutait pas. Le manuscrit était faux, l'information lui suffisait. Elle se concentrait désormais sur le seul objectif restant : se défendre et quitter le fort.

Où trouver une arme ? Sur un garde endormi, évidemment ! Entendre la conversation entre l'Apostolique et son sbire avait au moins servi à quelque chose. Où trouver un garde endormi ? Certainement à l'entrée du fort.

Diane entraîna Bruno dans les couloirs qu'ils avaient empruntés la veille en arrivant.

Ils atteignirent sans encombre le portique de sécurité de l'entrée. L'idée de Diane se révéla bonne. Un garde était affalé sur sa chaise et ronflait. À ses pieds, un fusil d'assaut SIG-550. Diane le ramassa et l'arma.

— Tu sais t'en servir ? demanda Bruno.

— Je ne suis pas prof d'histoire, moi ! Allez, on repart dans l'autre sens pour essayer de trouver Claire.

— Merci !

- 66 -

Pieds nus, vêtue de sa robe de bure, Claire courait dans les couloirs du fort. Elle se rappelait la configuration des lieux qu'elle avait parcourus plusieurs fois depuis la veille avec Bracha ou avec le Guide Suprême. Le petit salon, la chambre à coucher empreinte des horribles souvenirs des nuits précédentes, le corridor et enfin l'endroit par lequel elle était entrée deux jours plus tôt.

L'énorme porte métallique était munie d'une multitude de fermetures dignes d'un coffre-fort. Claire se saisit de la poignée. Comme elle s'y attendait, il lui fut impossible d'ouvrir.

Trouver une autre issue !

Elle repartit dans le sens opposé, délaissa le grand salon et s'engagea dans un couloir qu'elle ne connaissait pas. Pourrait-elle s'enfuir de ce côté-ci ?

Une dernière porte. Un palier. Des escaliers. Les monter ou les descendre ? Elle choisit la seconde option. Elle aboutit à un rez-de-chaussée puis à une ouverture. La lumière du jour. Enfin libre !

La satisfaction fut de courte durée. La liberté était en réalité une cour de service pavée et cernée par des bâtiments reliés entre eux par une haute muraille. Au centre, un assemblage de bloc de pierre. C'était une ancienne fontaine tarie depuis longtemps.

Dans le salon, Bracha avait repris ses esprits. Elle s'était relevée pour s'approcher du corps de celui qui avait été pour elle plus qu'un Guide Suprême. Il fallait admettre la dure réalité : Joseph était mort. Elle le regarda une dernière fois, puis se retourna. Elle avait souvent redouté ce moment. Malgré les précautions considérables instaurées pour la sécurité, ce jour était hélas arrivé !

Désormais Bracha était investie d'une mission. Elle n'en oubliait toutefois pas l'empoisonneuse. Elle devait la retrouver et lui faire payer son sacrilège meurtrier.

Prendre les choses dans l'ordre ! Direction la chambre, son antre puisqu'il y avait bien longtemps qu'elle ne partageait plus le lit de Joseph.

La femme en noir sortit de son armoire le calibre 9mm rangé sous une pile de linge. Elle introduisit le chargeur dans la crosse puis se rendit à la cuisine. Elle déverrouilla la porte et entra. Elle ouvrit le tiroir à couverts et se saisit d'un couteau. Munie de ce double armement, elle pouvait partir en chasse.

Il restait toutefois une dernière formalité à accomplir dans le petit local connu de Joseph et d'elle seuls. Bracha se souvenait du code qu'elle avait gravé dans sa mémoire. Cette formalité lui prit moins d'une minute.

La partie sanctuarisée du fort était accessible uniquement par la porte blindée. Pour retrouver

Claire, Bracha n'avait plus qu'à parcourir la vaste zone close impossible à quitter pour qui ne possédait pas les clés.

La femme en noir essaya de se mettre à la place de Claire pour deviner son choix. Elle partit vers l'est. Arrivée aux escaliers, elle s'approcha de la fenêtre. Gagné ! L'empoisonneuse était en bas dans la cour, près de la vieille fontaine. Bracha descendit jusqu'au rez-de-chaussée, combinant silence et rapidité. Elle s'arrêta au seuil de l'ouverture donnant sur les pavés. Elle arma son pistolet et leva le bras pour viser.

Claire cherchait une issue de l'autre côté de la cour de service. Trois portes. Laquelle choisir ? Soudain, elle entendit la détonation. Immédiatement, elle perdit l'équilibre sans comprendre. Une fois à terre, elle vit la tache brune au bas de sa robe de bure. Puis une sensation de brûlure en haut de la cuisse.

Bracha avait visé les jambes. Elle ne voulait pas la tuer, juste l'empêcher de fuir. La balle avait atteint son but, un peu plus haut que prévu, mais on ne s'improvise pas tireur d'élite. Peu importe, le résultat était au rendez-vous : l'empoisonneuse de Joseph était immobilisée sur les pavés, une balle dans la cuisse.

Claire réussit péniblement à se relever. Sur un pied, elle chercha à gagner le fond de la cour.

Bracha avançait d'un pas décidé, mais sans

courir. Avec une seule jambe valide, sa proie ne pouvait pas lui échapper. La femme en noir était désormais à une dizaine de mètres derrière Claire. Elle s'arrêta pour l'observer claudiquer pieds nus, le bas de la robe de bure tâché de sang. Elle leva de nouveau son arme. À cette distance, il était plus facile de viser. La cuisse gauche ! Le coup partit.

Claire s'effondra. Emplie d'une volonté farouche de continuer à fuir, elle rampa. Soudain elle sentit un poids dans le creux de ses reins. Plus possible d'avancer.

Bracha attendit quelques instants et releva le talon qui écrasait le bas du dos de l'empoisonneuse. Puis d'un violent coup de pied, elle la fit se retourner. Enfin, elle l'avait à sa merci. Elle l'enjamba pour s'installer à califourchon au-dessus d'elle. Le visage terrifié de Claire la remplit de contentement.

— Tu croyais échapper à la colère de Dieu ? Tu rêves. Tu as tué notre Guide Suprême, tu as tué mon Joseph. Tu vas crever.

Déclaration bien inutile. Désormais Claire savait qu'elle allait mourir. Une balle dans la tête ? Dans le cœur ?

Bracha posa le pistolet et sortit le couteau glissé dans sa ceinture.

— Je pourrais en finir rapidement avec toi. C'est sûrement ce que tu espères. Eh bien, non ! Pour expier ton péché, tu dois souffrir. Tu vas crever à petit feu !

Le geste accompagna cette dernière parole : la

lame pénétra la chair. La femme en noir avait frappé le bas ventre pour ne pas atteindre un organe vital, acte qui se serait révélé fatal à la pécheresse. Elle voulait au contraire la voir mourir dans une longue agonie.

Bracha prit alors un malin plaisir à remuer le couteau dans les tissus.

Claire hurla de douleur.

Ce n'était pourtant que le début de ses souffrances.

67

Keller et le garde complice n'avaient jamais pénétré dans la partie sanctuarisée du fort. Ils avaient mis du temps à ouvrir la porte blindée. Il avait d'abord fallu retrouver le chef des gardes qui ne s'était pas endormi au même endroit que ses hommes. Le fouiller pour lui prendre la clé du coffret de sécurité et enfin récupérer le trousseau pour déverrouiller la porte blindée et pénétrer dans la zone habituellement interdite.

Ils arpentaient les lieux à la recherche de Claire Lachard. D'abord le grand salon avec la vitre centrale qui avait résisté aux tirs. Évidemment, la disciple n'y était plus. Puis les pièces alentour, sans plus de chance.

Finalement, les deux détonations les guidèrent opportunément.

Ils parcoururent le même chemin que celui suivi par Bracha quelques instants plus tôt. Et de la même fenêtre, ils découvrirent l'atroce spectacle en bas dans la cour. Les hurlements inhumains de Claire. L'acharnement de Bracha à lui lacérer le ventre avec son couteau. Un véritable carnage !

Keller pensa d'abord laisser la femme en noir continuer son massacre. Finalement, elle accomplissait le travail à sa place. Mais à y réfléchir, avant d'être exécutée, Claire lui avait peut-être révélé le complot. De fait, Bracha devenait à son tour un témoin gênant. Sa neutralisation se révélait désormais indispensable.

— Nettoyez-moi tout ça, lança-t-il au garde.

L'homme leva son SIG-550 et mitrailla les deux femmes au fond de la cour.

Bracha fut littéralement désarçonnée et envoyée sur le côté par la pluie de balles. Le garde dirigea alors son tir sur Claire dont le corps se souleva de plusieurs centimètres avant de retomber tel un pantin désarticulé.

— Stop ! cria le Commandeur en touchant le bras du garde pour être sûr qu'il comprenne faute d'entendre.

Les tirs cessèrent.

— Je dois récupérer la robe, pas un amas de lambeaux de chair et de tissu.

Keller allait descendre dans la cour afin d'extraire du cadavre ce qui restait du vêtement de bure pour le détruire et supprimer toutes les traces de l'empoisonnement, quand il aperçut Bruno Martel se précipiter vers les corps en hurlant :

— Claire ! Claire ! Non, pas ça !

De double, le coup allait passer à triple.

— Tuez le type, mais pas la fille qui est avec lui ! ordonna Keller.

Diane avait rattrapé Bruno. En une seconde, elle avait analysé la situation. C'était fini pour Claire. En courant vers elle, Bruno devenait une cible facile pour le tireur embusqué à l'étage.

Il fallait agir extrêmement vite.

– Bruno ! Arrête ! Il n'y a plus rien à faire ! Tu vas te faire tuer !

Elle bondit sur son coéquipier et le plaqua au sol. Elle en perdit ses lunettes.

– Non ! Claire ! Non ! C'est pas possible ! continuait Bruno hystérique.

Les balles crépitèrent sur les pavés tout autour d'eux.

Diane ne comprenait pas. Comment le tireur pouvait-il les manquer à cette distance ? Ils auraient déjà dû être morts.

Appliquant une technique apprise en formation et répétée de nombreuses fois à l'entraînement, le capitaine Boldini ceintura Bruno, fit corps avec lui et roula jusqu'à la fontaine.

Enfin à l'abri !

Dans la précipitation, le tube contenant les papyrus avait été abandonné par Bruno près des cadavres des femmes. Inutile d'essayer de le récupérer. Trop dangereux ! De toute façon, il ne présentait plus aucun intérêt puisque l'évangile était un faux. En revanche, Diane avait toujours son fusil mitrailleur avec elle.

Les rafales se succédaient bien inutilement car la fontaine se révélait être un excellent bouclier protecteur.

Diane ne pouvait compter que sur elle et son SIG-550. Bruno était effondré et pleurait.

À l'étage, le Commandeur réfléchissait à la situation. Le garde avait manqué Martel à cause de l'ordre sélectif qu'il lui avait donné. Finalement, il le regrettait. La laisser en vie était trop dangereux. Cette décision, quoique difficile à prendre, s'imposait. Faire table rase du passé et du reste !

— J'ai commis une erreur, dit Keller en s'adressant au garde. Pas de quartier ! Tuez-les tous les deux !

— D'accord. Ça sera plus facile. Ils n'ont aucune échappatoire. Ils sont obligés de tenter quelque chose. Il suffit d'attendre, ils finiront bien par sortir.

Derrière le bouclier de pierre, Diane cherchait la solution. Elle avait repéré la fenêtre du tireur. C'était fusil d'assaut contre fusil d'assaut et mur d'appui contre fontaine. Égalité parfaite. Il ne restait plus que la ruse.

Diane regarda Bruno qui semblait enfin intégrer la dure réalité. Il avait cessé de pleurer, mais se tenait prostré à genoux.

— Bruno, je comprends. C'est horrible ! Mais il faut penser à nous maintenant. J'ai besoin de toi. Tu peux m'aider ?

— Ou...i. Pardon Diane !

— Tu n'as rien à te faire pardonner. Je comprends parfaitement.

Elle arracha un pavé en saillie au pied de la fontaine et le posa dans la main de Bruno.

— Je sors et je reviens. Ils vont me tirer dessus. Dès qu'ils arrêtent, tu lances ce pavé le plus loin possible sur ta gauche.

— Mais ils vont te descendre !

– Ne t'inquiète pas, ils n'auront pas le temps de viser !

– D'accord.

Il avait retrouvé un peu d'assurance. Elle avait confiance en lui.

Diane posa le SIG-550 en appui contre la fontaine, puis se jeta sur la droite pour se montrer visible pendant quelques secondes. Le tir, mal ajusté en raison de la surprise, ne se fit pas attendre. En roulant sur elle-même, elle revint à son point de départ.

Bruno lança alors le pavé sur sa gauche. À l'étage, le garde enchaîna le mitraillage dans la direction du gros caillou, n'imaginant pas un instant qu'il s'agissait d'une simple pierre.

Diane avait déjà saisi le fusil mitrailleur posé contre la fontaine. Elle se redressa. La cible en noir à l'étage était presque trop facile. Elle tira et laissa son index appuyé sur la détente. La rafale en continu atteignit le garde qui s'effondra dans la coursive.

Une ruse vieille comme le monde mais qui avait parfaitement fonctionné.

68

— Ne tirez plus ! cria le Commandeur.

— D'accord, mais jetez le fusil mitrailleur dans la cour.

— Je ne sais pas m'en servir et celui qui vous tirait dessus est mort.

Il me prend pour une demeurée, pensa Diane.

Elle envoya une rafale contre le mur du premier étage.

— C'est bon, arrêtez ! répliqua Keller.

Il lança le SIG-550 par-dessus la balustrade. L'arme atterrit sur les pavés dans la cour.

— Parfait. Maintenant, descendez nous rejoindre !

— OK, j'arrive.

Le Commandeur disparut de l'embrasure de la fenêtre du premier étage.

Envoyer Bruno récupérer le fusil mitrailleur ? Et le faire passer devant le corps déchiqueté de Claire ? Certainement pas !

— Bruno, reste derrière la fontaine et surveille les ouvertures, on ne sait jamais !

Diane sortit de son abri, contourna les cadavres et courut jusqu'à l'arme pour la récupérer. En même temps, elle observait avec attention les ouvertures du rez-de-chaussée pour voir arriver le Commandeur. Elle attendit quelques instants.

Quelque chose ne va pas ! Il devrait déjà être là ! Se serait-il enfui ?

Soudain :

– La récréation est terminée, Diane ! Jette ton arme, sinon ton professeur d'histoire ira rejoindre la liste des cadavres !

Le Commandeur se garda bien d'ajouter que c'était de toute façon ce qu'il avait prévu.

Occupé à surveiller les fenêtres, Bruno ne l'avait pas vu arriver par-derrière. Il avait seulement senti le canon froid du pistolet sous sa mâchoire, mais trop tard.

Diane se retourna. Elle enrageait.

Et merde ! Je me suis fait avoir comme une débutante. Et en plus il possédait un flingue !

Ne pas céder ! Car ils ne seraient pas un, mais deux de plus sur la liste des cadavres.

Elle mit en joue et répliqua :

– Je vous explose la tête avant que vous ayez bougé le petit doigt !

Elle bluffait. Impossible de tirer sans atteindre Bruno, sans compter que le Commandeur aurait certainement le temps lui aussi d'exploser la tête à son otage.

– Non, tu ne tireras pas Diane !

– On se tutoie, maintenant ? C'est nouveau.

– D'abord, explique-moi comment une simple secrétaire de fac peut être une experte dans le maniement des armes !

– C'est mon problème ! Jetez votre arme !

Dialogue de sourds. Et Bruno, hagard, entre les deux.

— Tu veux savoir pourquoi tu ne vas pas tirer sur moi, Diane Keller ?

Putain, il connaît mon nom de naissance ! C'est quoi ce délire ?

Et d'enchaîner :

— Parce que je suis ton père Diane. Et une fille ne tue pas son père !

Non, il ment. C'est impossible.

— Tu ne me crois pas, Diane ? Tu veux une preuve ?

— ...

— Tu n'es pas née à Paris, mais à Chartres, Diane. Ton CV est bidon.

Plus de doute possible ! Pour symboliquement effacer sa toute petite enfance, elle avait remplacé sa ville natale par Paris. Un mensonge anodin qu'il n'aurait pas pu relever s'il avait bluffé.

Non seulement ce salaud m'a abandonnée, mais en plus il faut qu'il soit un manipulateur et un tueur dans cette secte de tarés ! Et en plus je l'ai en face de moi ! Pourquoi ce fumier est-il mon père ?

Tempête sous un crâne !

Non, le lien du sang ne change rien, c'est un criminel. Il va tuer Bruno. Diane, garde la tête froide ! Maîtrise tes émotions comme tu l'as appris !

Jean-Luc Keller attendait la réaction. Le silence était retombé, plus personne ne parlait.

Quinze secondes. Trente secondes.

Tout à coup, sans mesurer le risque qu'il prenait, Bruno dégagea son bras et envoya un violent coup de coude dans l'estomac du Commandeur. Puis il se jeta sur le côté de la fontaine, évitant de peu la balle tirée par Keller.

S'en suivit une rafale, courte mais suffisante pour faire s'effondrer le Commandeur.

Diane avait visé la poitrine. Jean-Luc Keller était mort.

69

– J'ai tué mon père !

Le réconfort s'était inversé. Diane s'appuyait contre Bruno. Pas de larmes, pas de désarroi, juste la voix étranglée.

– J'ai tué mon père et je n'éprouve aucun remords.

Bruno ne trouvait rien à répondre. Lui-même était à peine sorti de sa torpeur. Il la serrait fort contre lui, très fort, c'était tout ce qu'il pouvait faire.

Ils croyaient avoir enfin le temps de se reprendre. C'était sans compter les deux gardes qui apparurent au premier étage. Dommage que le café n'ait pas été plus chargé en somnifère !

Nouvel échange de rafales. Diane possédait désormais deux fusils d'assaut, mais n'avait que deux mains. Et impossible pour un novice comme Bruno de se servir d'un SIG-550 ! Elle lui avait remis le pistolet récupéré dans les doigts du Commandeur, arme plus à sa portée.

Les gardes se précipitèrent dans les escaliers pour rejoindre la cour. Diane et Bruno utilisèrent ce bref répit pour quitter leur abri derrière la fontaine et se réfugier dans le dernier bâtiment.

– On arrive au bout du fort, lança-t-elle. Ça va être dur. Je ne sais pas combien ils sont en tout et mes chargeurs seront bientôt vides.

Les neurones s'agitèrent sous le crâne de Bruno.

– Il y a longtemps, j'ai étudié les ouvrages militaires construits dans les Alpes au XIXe siècle. Cet édifice date de cette époque. Un seul accès officiel, mais toujours une issue de secours qui servait à évacuer la place ou à envoyer des messagers au-dehors. En général, elle part en souterrain à l'opposé de l'entrée principale, donc près de l'endroit où nous sommes. Côté extérieur, elle serait introuvable, mais de l'intérieur, aucune raison qu'elle soit dissimulée.

L'équipe de choc renaissait. Diane stratège et leader, Bruno expert et cartésien !

Ils prirent les premiers escaliers descendants qu'ils rencontrèrent. Malheureusement l'obscurité les arrêta. On ne s'équipe pas d'une lampe de poche quand on part acheter un manuscrit !

Impossible d'avancer davantage dans le noir complet ! Au moins étaient-ils momentanément à l'abri !

Ils entendirent des voix au-dessus d'eux.

– Ils ne peuvent pas être bien loin. Inspecte les étages ! Moi, je vais chercher dans les caves.

– D'accord. Fais gaffe ! Ils sont dangereux. Ils ont dézingué Giacomo et le Commandeur.

La porte en haut grinça. Un rond de lumière se dessina sur le mur en face d'eux. Contrairement à eux, le garde possédait une lampe-torche ! Celui-ci descendit prudemment les escaliers.

Diane se sentait mal. La logique aurait voulu que, profitant de l'effet de surprise, elle mitraillât le garde. Mais sa conscience la retenait.

Elle venait déjà d'abattre deux hommes sans compter que l'un d'eux était son père. Sa formation militaire l'avait préparée à donner la mort dans des situations de guerre. Facile à assimiler en cours, mais plus difficile quand tuer devient réalité.

En abattre froidement un troisième, elle ne pouvait s'y résoudre.

Que faire : « Haut les mains ! Ne bougez pas ! Jetez votre arme ! » ? Comme dans un mauvais film. Le type aguerri allait sûrement obtempérer ! N'importe quoi !

Il allait plutôt plonger au sol et tenter de tirer le premier. Elle répliquerait… s'il lui en laissait le temps.

Le garde arrivait au milieu des escaliers. Il promenait le faisceau de sa lampe sur le mur. Dans quelques secondes, il éblouirait Diane et Bruno. Il serait alors trop tard.

La rafale partit. Courte. L'homme armé poussa un cri, tomba et dégringola les marches.

Diane avait volontairement tiré dans les jambes pour seulement le blesser. Elle se précipita sur lui et l'assomma d'un coup de crosse. Elle n'aurait pas un troisième mort sur la conscience.

Vite ! L'autre n'allait pas tarder à arriver.

Elle se saisit de la lampe-torche.

– Bruno ! Essaye d'aller bloquer la porte !

Grouille-toi !

Un troisième fusil d'assaut totalement superflu ! Elle se contenta de récupérer le chargeur et de l'insérer dans le second magasin de son arme, particularité bien utile du modèle. Elle éclaira Bruno qui terminait de tirer le troisième gros verrou en haut des escaliers. La porte ne résisterait certainement pas longtemps au SIG-550 de l'autre garde, mais c'était toujours quelques minutes gagnées.

Le capitaine Boldini envoya un signe pouce en l'air à son coéquipier quand il redescendit. Une anticipation mal venue car au même instant Bruno glissa sur une marche et dégringola jusqu'en bas des escaliers.

— Bruno ? Ça va ?

— Oui, je crois, répondit-il en se relevant.

Le « aïe » associé à la grimace démentit l'affirmation.

— Je me suis tordu la cheville, mais ça va aller.

Il se remit sur pied et rejoignit Diane en boitillant.

Éclairé par la lampe-torche, le passage en face d'eux semblait s'enfoncer sous terre.

Ils avaient parcouru à peine une cinquantaine de mètres quand ils entendirent un tir nourri derrière eux.

— Il a fait vite, pesta Diane. La porte ne tiendra pas bien longtemps.

Handicapé par sa cheville, Bruno avait du mal à la suivre.

– Appuie-toi sur moi ! lui dit-elle.

Elle essaya de le faire accélérer en le supportant pour soulager sa jambe. Malgré ce soutien Diane était consciente qu'ils n'avançaient pas assez vite. Elle s'arrêta, se retourna et dirigea le faisceau de la torche sur la voûte au-dessus d'eux, puis elle demanda à Bruno :

– Tu es sûr que la sortie est au bout ?

– Je ne peux rien garantir, mais ça descend et ça correspond à ce que je t'ai expliqué tout à l'heure. Pourquoi ?

– Tu vas voir. Passe derrière moi et colle-toi contre moi !

Il avait pris l'habitude d'obéir quand elle redevenait capitaine. Il s'exécuta.

Diane pointa le premier fusil d'assaut devant elle, orienté à trente degrés vers le haut.

Un bruit d'enfer pendant une trentaine de secondes, le temps de vider le chargeur. Puis, elle répéta l'opération avec le second fusil.

Les munitions épuisées, les armes se turent. La voûte finit de s'effondrer dans un entrechoquement de pierres et dans un nuage de poussière qui envahit le souterrain.

– Vite ! Tout peut s'écrouler !

Diane abandonna les fusils devenus inutiles faute de munition. Bruno s'accrocha à son épaule et ils se remirent en route.

L'éboulement avait cessé. Le silence était revenu. Voyant Bruno se tordre de douleur à chaque pas, Diane décida de s'arrêter. Elle pivota pour éclairer l'énorme amas de pierres et de terre qui obstruait désormais la galerie derrière eux.

– On prend une minute de pause pour reposer ta cheville. À mon avis, c'est plus qu'une simple foulure. Quant à la sortie de secours, j'espère que tu ne t'es pas trompé, sinon tu vas devoir me supporter quelques jours avant que l'on meure ensemble de faim et de soif.

Bruno s'obligea à sourire dans la lueur de la lampe. De son côté Diane s'était forcée à lancer ce trait d'humour pour essayer d'évacuer l'insoutenable pression.

Elle ravala sa salive et changea de registre :

– Bruno ! Je sais que c'est dur pour toi aussi, mais aide-moi à pas craquer !

70

Des racines traversaient les interstices des pierres. Quelques tiges de lierre pendaient le long des parois. Enfin un rai de lumière, pas celui de la lampe, mais celui du jour !

Diane et Bruno se frayèrent un passage à travers les ronces et découvrirent la forêt d'épicéas.

Ils avaient réussi !

Pas le temps de s'appesantir ! Diane fit un état des lieux :

— Côté positif, on est vivants. Je ne dresse pas la liste des points négatifs. Je ne sais pas combien de gardes sont encore dans le fort, mais ils vont sûrement chercher à nous retrouver. Il faut qu'Olivier réussisse à le faire avant eux.

— Olivier ?

— Le capitaine Olivier Charente. Il a tout le temps été en seconde ligne pour relayer les transmissions et intervenir au cas où. Et nous sommes en plein dans le « au cas où ».

— Et comment va-t-il nous retrouver ? Nous n'avons plus nos téléphones et tu as perdu tes lunettes de James Bond.

— Avec les stylos. Tu as toujours sur toi celui que je t'ai donné à la Sainte-Baume ?

Bruno glissa la main dans sa poche. Le stylo était

bien là, avec le pistolet de l'Apostolique.

— Oui. Tu m'avais dit de le garder sur moi en permanence.

— J'en ai un aussi. On est sortis du fort, donc plus de brouillage. J'espère seulement qu'Olivier est toujours en écoute. Il faut se rapprocher d'une route et l'attendre. Avant ça, on va examiner ta cheville. Assieds-toi !

Diane arracha des plaintes à son coéquipier en lui retirant sa chaussure avec beaucoup de difficultés. Le diagnostic se révéla catastrophique. La cheville avait doublé de volume.

— C'est une belle entorse !

— Quel con j'ai été de glisser dans l'escalier !

— Dans tous les cas, tu n'es plus en état de marcher. Tu vas rester là planqué derrière ces buissons et tu vas m'attendre. Je reviendrai te chercher avec Olivier. Tu as toujours le pistolet du Commandeur ?

— Oui, je vais te le donner.

— Non, garde-le pour te défendre ! Tu risques d'en avoir besoin.

Elle l'aida à se relever et l'accompagna jusqu'aux buissons.

Elle le regarda une dernière fois. Elle avait l'impression de l'abandonner.

— Allez ! Repose-toi et à tout à l'heure !

Diane dévala la pente entre les épicéas. Quand la forêt s'éclaircit, elle tourna la tête pour repérer la silhouette du fort au-dessus d'elle. Elle était à découvert. On pouvait l'apercevoir de derrière les remparts. Vite ! Gagner l'espace boisé en contrebas !

Enfin elle atteignit une route, étroite mais goudronnée.

Elle s'assit en lisière de la forêt derrière un gros sapin pour ne pas être vue depuis la chaussée. Puis elle sortit le stylo de sa poche, juste pour se rassurer car pour des raisons de sécurité rien n'indiquait l'émission du signal.

Plus qu'à attendre !

Elle patientait. Le souvenir des dernières heures défilait en boucle dans sa tête.

J'ai tué deux types dont un était mon père ! L'Apostolique. L'Apostolique était mon père !

Une demi-heure plus tard, Diane attendait toujours et continuait à cogiter en silence.

Qu'est-ce qu'il fout ? Peut-être que les stylos n'émettent plus ? Et je n'ai aucun moyen d'entrer en contact ! Je ne peux pas rester à attendre éternellement !

Elle se rendit à l'évidence : il ne viendrait pas !

Je dois trouver une route plus fréquentée et arrêter une voiture ou alors marcher jusqu'au premier village.

Diane repartit à travers bois vers l'aval. Elle croisa une nouvelle fois la voie forestière qui décrivait des lacets, puis enfin rejoignit une route plus large.

Soudain un bruit de moteur.

Un crossover Audi blanc apparut à la sortie du

virage sur sa droite. Des Soldats ? Peu probable : le véhicule arrivait de la vallée et non pas du fort. Diane mesura les risques avant de se décider.

La jeune femme se planta au milieu de la chaussée pour faire signe à la voiture de s'arrêter. Plus qu'à espérer que le conducteur n'appuie pas sur l'accélérateur par crainte d'une possible agression ! Il n'en fut rien. Au contraire, l'Audi ralentit et s'immobilisa. La portière s'ouvrit. Le conducteur sortit.

Non ! C'était impossible !

71

Stupéfaction !

– Fabrice ? Comment… est-ce possible ?

– Diane ? Qu'est-ce que tu fais là ?

– Je te retourne la même question.

– J'avais trop envie de toi ! répliqua-t-il en se léchant exagérément les lèvres.

Diane hésitait entre méfiance et soulagement.

Cette coïncidence l'interpellait. Tout était possible : du piège de la part des Soldats à une rencontre salvatrice avec cette sangsue de Fabrice qui aurait trouvé le moyen de les localiser après l'appel au sujet du manuscrit.

En savoir plus avant de baisser la garde ! Sans se dévoiler, bien sûr !

– Fabrice, fais pas l'idiot ! C'est pas le moment ! On est partis en randonnée dans la forêt et Bruno s'est blessé. Tu tombes à pic. On va aller le chercher.

Il ne demanda pas où ils avaient garé la voiture, tant mieux. Diane le questionna à son tour :

– Mais toi, dis-moi, que fais-tu ici ?

– J'ai profité de mon séjour à Aix-les-Bains où vous m'avez salement abandonné pour rendre visite à mes parents qui habitent dans le Jura. Et ça faisait un moment que je voulais connaître le fort Tramons. C'est un monument historique au bout de cette route. Je réalise des recherches sur la ceinture défensive de la France du XIXe siècle. Il m'intéresse beaucoup. Je vais essayer de le visiter.

Lui dire que ce n'était pas une bonne idée ? Mais il aurait fallu lui expliquer.

Et Olivier qui n'arrivait toujours pas !

— Bruno est loin d'ici ? demanda Fabrice.

— Cinq cents mètres, un kilomètre. Je ne sais pas exactement parce que j'ai coupé par les bois.

— Bon, allez ! Monte ! On y va !

Au moment où elle s'installait sur le siège passager, elle réfléchit. Mais oui, le téléphone. La procédure d'urgence. Il fallait juste que Fabrice n'entende pas la conversation pour ne pas déclencher de nouvelles questions. Mais pour l'instant, il avait remis sa casquette de séducteur lourdingue.

— Au fait, merci d'avoir accepté mon invitation au resto pour mardi prochain. Je te promets une soirée inoubliable.

Il s'interrompit pour réfléchir avant de poursuivre :

— J'aimerais comprendre pourquoi vous gambadiez dans la forêt jurassienne cet après-midi alors que ce matin Bruno planchait sur des formes latines du Moyen-Orient. Le connaissant, il n'est pas du genre à s'arrêter dans ses recherches pour aller prendre l'air.

— Je n'ai pas envie de t'expliquer, Fabrice. S'il te plaît, peux-tu me prêter ton téléphone, j'ai un coup de fil urgent à passer ?

– Un autre amant ?

– Excuse-moi Fabrice, mais je n'ai pas non plus envie de rire ! Ton portable, s'il te plaît !

– À une condition : tu m'embrasses !

– Mais ça va pas !

– OK. Pas de baiser, pas de téléphone !

Ça y est, il recommence ! Lourd mais rassurant ! Les doutes s'effaçaient.

Diane aurait pu lui prendre le portable de force. Avec son entraînement au combat, l'officier militaire serait facilement venu à bout du professeur d'histoire. Mais elle préféra ne pas se dévoiler. Le sacrifice était à sa portée.

– Bon d'accord !

Elle entrouvrit les lèvres et attendit.

Fabrice bascula sur elle et l'embrassa. Un baiser vorace. Diane s'efforça d'accepter avec dégoût l'incursion de la langue inquisitrice dans sa bouche. Mais elle se dégagea quand Fabrice, poursuivant son objectif, commença à lui malaxer les seins.

– Non ! Ça suffit, maintenant ! Ton téléphone !

Penaud, il retourna sur son siège et se contorsionna pour sortir le portable de sa poche. Il le déverrouilla et le tendit à sa passagère.

– Merci, dit Diane en attrapant l'appareil et en ouvrant la portière.

Elle descendit de l'Audi et s'en éloigna afin que Fabrice n'entende pas la conversation, même si elle était codée.

Quand elle atteignit les premiers sapins, elle composa le numéro connu d'elle seule et porta le téléphone à l'oreille. Elle dirigea son regard vers la forêt en se concentrant sur la phrase codée qu'elle allait prononcer.

Soudain ce fut le noir complet !

- 72 -

Derrière les buissons près de la sortie du souterrain, Bruno tentait de contenir la douleur lancinante de sa cheville blessée. La souffrance physique restait pourtant bien en deçà du déchirement moral.

Claire ! Claire est morte !

Bruno refusait la réalité. Il était cependant incapable de chasser de son esprit l'atroce image du corps étendu sur les pavés et déchiqueté par les balles du fusil mitrailleur.

Il se remit à pleurer.

À force de volonté, il parvint tout de même à orienter ses pensées sur les autres évènements. La fuite par le souterrain. Le départ de Diane pour trouver le moyen de s'échapper de cet abominable endroit. Pourvu qu'elle réussisse ! Il n'avait pas de doute. Cette femme était exceptionnelle avec ses deux facettes. En quelques jours, il l'avait découverte et éprouvait pour elle de l'admiration, du respect et un sentiment difficile à définir. Ce n'était pas de l'amour. Son amour, son seul amour était Claire et resterait Claire pour toujours. Une sorte d'amitié, alors ?

Le moment n'était pas aux réflexions philosophiques. Le faux évangile de Lazare s'invita logiquement dans la suite de ses pensées.

Sans cet infime détail, l'erreur sur *Narbonensis secunda*, la Narbonnaise seconde, et conforté par l'expertise de Fabrice, il aurait validé le manuscrit. En effet, la Narbonnaise seconde était issue de la découpe en trois territoires de la province narbonnaise vers l'an 300 et ne pouvait donc pas être désignée ainsi dans un papyrus du IIe siècle. Le faussaire qui avait « rédigé » l'évangile n'était pas le premier à commettre cette faute. Des historiens du XIXe siècle jusqu'à des contemporains pourtant spécialistes de cette époque avaient souvent fait la même erreur. Il se souvenait d'ailleurs avoir eu une discussion pointue sur le sujet avec quelqu'un qui refusait de l'admettre.

Soudain, Bruno fut pris d'un abominable doute. Non, ce n'était pas possible…

En bas dans la vallée, le Renault Trafic roulait bien au-delà de la vitesse autorisée, traversant les hameaux à plus de quatre-vingts kilomètres-heure. Le capitaine Charente fixait la route devant lui tout en jetant par intermittence un regard sur l'écran. Une demi-heure au moins serait nécessaire pour atteindre la destination.

Il pestait contre les facéties du destin. Crever un pneu, ça n'arrive presque plus. Eh bien, si ! Il avait fallu que ça se produise aujourd'hui, au moment où les stylos avaient recommencé à émettre. Le temps de changer la roue. Les écrous étaient grippés bien sûr ! Presque une heure de perdue !

Plus Charente se rapprochait, plus l'échelle de la carte grandissait. Il remarqua alors que les deux points bleus représentant la localisation des stylos s'écartaient. Boldini et Martel s'étaient séparés.

Pour quelle raison ?

Fabrice parcourut quelques kilomètres à travers les routes forestières. Il connaissait bien le massif montagneux dominé par le fort Tramons. Il avait passé son enfance dans un village tout proche.

Il avait rejoint les Soldats de la rédemption au moment où le Guide Suprême recherchait un lieu pour s'établir en France. Discrétion et sécurité étaient les maîtres mots du cahier des charges. Ne souhaitant plus entretenir les bastions frontaliers sans réelles valeurs historiques, l'État avait choisi de vendre plusieurs anciens bâtiments militaires. Le fort Tramons était parmi ceux-ci.

Fabrice Ligier avait mis en avant l'intérêt de l'endroit : son côté retiré dans un massif escarpé et sauvage.

Il avait alors espéré monter dans la hiérarchie de la secte, mais il en fallait plus pour obtenir le grade de Commandeur. Ce n'était que partie remise !

Le crossover quitta l'étroite bande de bitume et s'engagea sur un chemin à travers les bois jusqu'à ce qu'il devienne invisible de la route.

Fabrice coupa le moteur et descendit de la voiture. Il prit le sac à dos dans le coffre, puis ouvrit la portière arrière pour charger sur son épaule le corps de Diane.

– Dis donc, tu fais ton poids ma jolie, lui dit-il comme si elle pouvait l'entendre. Heureusement qu'on ne va pas très loin.

Le stylo glissa alors hors de la poche du jean et tomba dans les aiguilles de sapin sèches.

Au bout de quelques minutes, malgré sa charge, le grand blond accéléra le pas. Il devait se dépêcher pour arriver avant qu'elle ne reprenne connaissance. Il avait dosé sa force pour ne pas « l'abîmer » quand il l'avait assommée juste avant qu'elle ne téléphone. L'an dernier, la Russe s'était réveillée avant d'atteindre la destination. Il ne voulait pas répéter la même mésaventure.

Encore une centaine de mètres et il serait arrivé. La Combe de l'Enfer se trouvait à deux pas. Il reconnut l'endroit, toujours le même, avec les deux sapins espacés d'un peu plus d'un mètre.

Il déposa son fardeau, souffla et s'accorda un instant pour se délecter de l'ambiance offerte par la lumière de fin d'après-midi qui éclairait le sous-bois.

Fabrice retira son sac à dos et l'ouvrit. Il espérait n'avoir rien oublié.

74

Diane entrouvrit les yeux. Une sensation de ne pas pouvoir bouger !

Le fort, les fusils, l'hécatombe, son père. Tout se bousculait dans sa tête. Elle s'imaginait avoir reçu une rafale. Mais non, ils étaient sortis sains et saufs du fort par le souterrain…

Elle avait retrouvé Fabrice peu après sur la route. Le chantage du baiser pour le portable. Puis elle était descendue de la voiture pour téléphoner. La douleur derrière la tête lui fournit la suite et l'explication : on l'avait certainement assommée quand elle ne se méfiait plus, trop occupée à réfléchir au message à communiquer.

Il lui fallut quelques instants pour se rendre compte qu'elle était étendue sur le sol et nue, les mains retenues derrière la tête, sans doute attachées à quelque chose. Même traitement pour ses jambes maintenues écartées entre deux sapins par des cordelettes qui lui enserraient les chevilles.

Au-dessus d'elle un visage, celui de Fabrice.

— On se réveille, ma jolie ? J'ai bien fait de me dépêcher. Finalement, j'ai trouvé trop long d'attendre notre soirée de la semaine prochaine. J'ai donc décidé d'avancer la date.

Du sang-froid ! Hurler ou se débattre ne servirait à rien !

D'abord, chasser la terreur ! Diane, ce n'est pas toi qui es attachée, c'est une autre femme et toi, le capitaine Boldini, tu es en intervention pour la sauver. C'est cela qu'on t'a enseigné !

Malgré elle, les rappels à la formation se répétaient depuis quelques heures. Mais l'élève se serait volontiers dispensée des travaux pratiques.

Dans un premier temps, le dédoublement fonctionna, mais se révéla impossible à prolonger quand Fabrice investigua l'entrejambe pour saisir et malaxer à pleine main la chair du sexe sans défense.

— Non, lâchez-moi ! Ne me touchez pas !

— On ne se tutoie plus, Diane ?

Grande respiration.

Je dois me ressaisir. Diane, tu es vivante, c'est le principal. Tout le reste est secondaire et n'est que moyen de survie ! Lui parler comme lors d'une prise d'otage. Le ramener à la raison !

— Oui, Fabrice. C'est d'accord, on se tutoie.

— C'est bien, Diane. Tu deviens compréhensive. Remarque, j'aime bien aussi quand tu te débats.

— Écoute-moi Fabrice ! Tu vas faire une grosse connerie qui va te coûter de longues années de prison. Sois raisonnable, détache-moi ! Et puis, je vais te faire une confidence : je suis officier militaire. Alors, c'est encore pire pour toi !

— Ha ! Ha ! Ha ! Et moi je suis le pape ! Trouve autre chose ma jolie !

Il ne savait donc pas. De toute façon, son ignorance ne servait pas à grand-chose. Ses yeux, son regard, sa fébrilité ! Diane s'était trompée : aucun argument ne lui ferait entendre raison tant il était porté par ses pulsions. Sans desserrer sa main inquisitrice, le grand blond se coucha sur elle, puis lui embrassa les seins.

– Laisse-moi te déguster avant ! Putain, Diane, tu es belle, tu m'excites ! J'ai pensé à cet instant dès le premier jour. Tu te souviens ? C'était quand tu es arrivée pour remplacer Martine. On va faire l'amour, Diane, tu vas voir comme ce sera bon !

Il se releva, retira ses mocassins et détacha la boucle de sa ceinture avec fébrilité.

Pendant ce temps, Diane repliait les doigts pour essayer d'atteindre les nœuds de la cordelette qui entravait ses poignets. Peut-être réussirait-elle à les défaire ?

Impossible ! Les liens étaient trop serrés. Elle dut abandonner !

Un profond désespoir l'envahit. Elle n'était pas dupe : il allait la violer, puis il la tuerait et ferait disparaître son corps pour effacer la trace de son crime ! Voilà ce qui l'attendait !

75

Bruno s'était allongé et avait placé son mollet droit sur une branche morte, seul moyen trouvé pour maintenir sa cheville relevée. Il lui semblait que la douleur s'était atténuée. Il s'était assoupi. C'est pourquoi il n'entendit pas l'homme qui arrivait à pas feutrés.

Quand il se réveilla, il était trop tard. Il vit au-dessus de lui un pistolet tenu par un individu brun au visage buriné et à la carrure d'athlète. Et dire que l'arme que lui avait laissée Diane était au fond de sa poche !

— Content de vous avoir trouvé Martel !

Face à l'attitude épouvantée, l'homme jugea bon de se présenter :

— Capitaine Olivier Charente. Je ne sais pas si Boldini vous a parlé de moi. Je vous colle aux basques depuis la semaine dernière pour relayer les communications et venir en appui comme aujourd'hui.

— Oui, elle m'a expliqué. Les stylos émetteurs. Merci, mais vous m'avez fait peur. Je vous ai pris pour un Soldat.

— Désolé pour le retard. Une putain de crevaison dont je me serais bien passé.

Le capitaine Charente regarda le pied enflé.

— Sale blessure. Cassé ?

— Non. Entorse apparemment. Tout à l'heure, j'arrivais encore un peu à marcher.

— Je vais vous emmener jusqu'à la voiture. Et Boldini ? Partie devant ?

— Oui, à votre rencontre. Vous ne vous êtes pas trouvés ?

— Non, mais comme pour vous, je connais sa position grâce à son stylo. Il fallait bien commencer par l'un de vous deux. Je vous ai mis en premier parce que pour elle, je n'ai aucune inquiétude. Elle sait se défendre en milieu hostile.

76

Fabrice se délectait. Une chance d'avoir rencontré Diane sur la route. Quand Bruno lui avait téléphoné pour le questionner, il avait tout de suite compris. C'était donc lui qui était chargé d'authentifier l'évangile. Connaissant l'expertise de son collègue, il aurait pu s'en douter. Il regrettait seulement que le Commandeur Keller ne l'en ait pas préalablement informé. Mais qu'importe, Bruno avait eu la bonne idée d'emmener Diane. Tous deux ne pouvaient être qu'au fort Tramons ! C'était certainement là que la transaction avait lieu. Fabrice était parti à leur rencontre pour renouveler la visite surprise comme à Aix-les-Bains. Impossible d'entrer dans le sanctuaire du Guide Suprême, mais une fois proche de la destination, il aviserait.

Mais quand il avait trouvé Diane, seule sur la route, sans aucun témoin, il n'avait pas pu se retenir. L'occasion était trop belle ! Presque la même qu'au mois d'avril lorsqu'il avait croisé Manon sur son vélo, seule dans la forêt !

Fabrice s'était débarrassé de son pantalon et de son slip. Il avait déjà trop attendu. Il se coucha sur Diane et la pénétra.

Elle hurla.

Le sentir en elle. Percevoir son souffle sur le visage. Le coffre des souvenirs enfouis au plus profond d'elle-même explosa. Elle était allongée sur le lit de sa chambre. Sa mère était partie au travail. Son père était sur elle, son père était en elle ! Ces moments que son cerveau avait bloqués pour la laisser grandir dans le déni de l'inceste !

Le viol qu'elle subissait déchirait le voile qui recouvrait sa mémoire. Ce voile que son cerveau avait installé pour la protéger alors qu'elle était encore une enfant. Deux heures plus tôt, Diane avait tué son père dont la pire des fautes était de l'avoir abandonnée, enfin le croyait-elle ! Mais il y avait eu encore plus horrible, encore plus abject. Elle venait de le découvrir !

Keller et Fabrice, en cet instant, c'était comme s'ils ne faisaient qu'un !

Elle avait tué le premier, mais le second récidivait à sa place.

Le désarroi de la femme victime ne devait pas l'emporter sur le sang-froid de la militaire. C'était atroce ! Mais il fallait résister mentalement.

À force de tirer sur ses bras, Diane réussit à faire bouger le bois mort auquel ses poignets étaient attachés.

Ne plus penser à l'acte horrible qu'elle subissait à cet instant ni à ceux d'autrefois, sauf pour transformer la haine en puissance.

Mobiliser toutes les forces internes !

Diane, souviens-toi : l'entraînement au combat, tes

capacités physiques, ton savoir-faire… tu en es capable !

Elle contracta tous ses muscles, des abdominaux aux biceps, puis ceux de sa gorge. Elle concentra son énergie sur sa cible. Elle n'aurait droit qu'à un seul essai.

– Kiaï[1] !

Le cri de Diane retentit avec une force inouïe en même temps qu'elle relevait le buste et éjectait le violeur hors de son corps. L'homme bascula. Il n'eut pas le temps de comprendre ! Diane avait ramené devant elle la lourde et encombrante branche attachée à ses poignets. Emporté par l'élan, le bois mort s'abattit sur la tête de Fabrice.

Pendant quelques secondes, Diane demeura assise, jambes écartées, hagarde, le regard rivé sur le corps inerte de son prédateur couché sur sa cuisse.

Le coup avait été efficace, mais pour combien de temps ?

Se détacher, vite ! Impossible pour ses doigts d'attraper les liens des poignets. Un couteau ? Peut-être dans le sac à dos là-bas au pied du sapin ? Libérer les membres inférieurs ! Les mains attendront. Grâce à sa souplesse, Diane réussit à se pencher jusqu'à ce que ses doigts atteignent ses chevilles. Malgré le bois mort toujours solidaire des poignets et devenu une gêne dans ses mouvements, la jeune femme parvint à libérer de leurs liens son pied droit, puis son pied gauche.

---

[1] Cri de combat dans les arts martiaux qui accompagne l'application d'une technique.

Elle repoussa le corps inanimé de Fabrice étalé sur sa cuisse, se releva et alla jusqu'au sac. Pas facile de l'ouvrir avec une branche attachée aux poignets.

Elle n'eut pas le loisir de chercher davantage. Une masse s'abattit sur ses épaules. Elle s'effondra à plat ventre. Des doigts lui enserraient le cou. Elle n'arrivait pas à se dégager à cause de ses mains liées et coincées sous son ventre. L'air ne pénétrait plus dans ses poumons. Elle suffoquait.

Fabrice, revenu à lui, décida d'en finir. Il l'avait possédée, pas aussi longtemps qu'il l'aurait souhaité, mais cette femme était vraiment trop dangereuse. Jamais il n'aurait pensé qu'une simple secrétaire puisse se montrer aussi puissante dans une lutte !

Il pesa de tout son poids sur le dos de Diane et serra vigoureusement l'étau de ses doigts.

77

Bruno croyait être encore capable de marcher mais sa cheville en avait décidé autrement. Tout au plus pouvait-il sauter à cloche-pied. La descente à travers bois pour rejoindre la route se révéla laborieuse. Sans le soutien du capitaine Charente, jamais il ne serait arrivé jusqu'au Renault Trafic.

Olivier l'aida à s'asseoir sur l'une des trois places dans l'habitacle, puis s'installa au volant.

Bruno poursuivit les explications des derniers évènements. Et surtout ses déductions toutes récentes : Fabrice Ligier, collègue à la Sorbonne et ami, était l'auteur du faux évangile.

— Le type qui draguait Boldini et qui vous a rejoints à Aix-les-Bains ? interrogea Olivier.

— Oui. Mais comment savez-vous ?

— Peut-être l'ignoriez-vous, mais avec ses lunettes, Boldini me communiquait tout ce qu'elle voyait et entendait.

— Oui, c'est vrai, j'avais oublié.

Bruno se demanda une nouvelle fois, si leur intimité avait bien toujours été préservée comme Diane l'avait affirmé.

— Enfin presque tout, précisa Olivier en devinant les pensées de son interlocuteur.

En même temps qu'il parlait, le capitaine

Charente observait sur l'écran de son téléphone le point bleu qui matérialisait le second stylo.

— Elle n'a pas bougé depuis tout à l'heure. Elle a dû courir pendant un moment pour aller si loin et maintenant, elle s'est résignée à m'attendre. Mais pourquoi a-t-elle choisi cette petite route au lieu de celle qui mène à la vallée ?

En moins de dix minutes, ils arrivèrent à proximité de la position matérialisée par le point bleu. Le Trafic quitta l'étroite chaussée pour s'engager sur le chemin à travers bois. Ils aperçurent alors le crossover devant eux.

— C'est le 4x4 de Fabrice ! lança Bruno. Qu'est-ce qu'il peut bien faire ici ?

Le capitaine Charente avait coupé le moteur et déjà sorti le Glock de sa poche. Il retira le cran de sécurité.

— Ça ne me plaît pas, annonça-t-il en grimaçant. Restez là ! Je vais voir.

Il descendit du Trafic, son téléphone à la main, pour suivre les indications de l'écran qui l'amenèrent jusqu'à la portière arrière de l'Audi. Il découvrit le stylo par terre au milieu des aiguilles de sapin.

— Et merde ! Putain, Boldini, pourquoi as-tu laissé ton stylo ? Comment je fais pour te retrouver maintenant ?

Bruno l'avait rejoint en boitant au mépris de la consigne reçue :

— Et si Fabrice l'avait agressée et qu'elle ait perdu le stylo ?

— Normalement, elle sait se défendre. Je l'ai vu à

l'entraînement. Même un grand gabarit comme votre collègue ne fait pas le poids face à elle. Je vais partir à sa recherche. Restez planqué en m'attendant !

– OK. Ne vous inquiétez pas pour moi, je suis armé moi aussi ! répondit Bruno en sortant de sa poche le pistolet du Commandeur.

Olivier chercha des traces de piétinement. Il crut en deviner, à tort. Il partit dans la direction opposée de celle qu'avait prise Fabrice en emmenant Diane, une heure plus tôt.

78

Les poumons de Diane cherchaient en vain l'oxygène qui ne pénétrait plus dans sa trachée. La jeune femme allait mourir asphyxiée.

Il existe parfois des forces insoupçonnées que seul l'instinct de survie est capable de réveiller.

Comment réussit-elle à soulever le poids de son propre corps augmenté des quatre-vingt-dix kilos de son agresseur ? Elle serait bien en mal de l'expliquer. Il n'empêche que les deux corps basculèrent, obligeant le grand blond à desserrer l'étreinte de ses doigts.

Diane aspira tout l'air que ses poumons pouvaient emmagasiner. En même temps, repliant les genoux et s'appuyant sur ses deux mains entravées et toujours attachées au bois mort, elle se releva dans un incroyable mouvement de souplesse.

Fabrice se montra moins prompt à se remettre debout. Le seul moyen efficace que trouva la jeune femme pour le maintenir au sol fut un grand coup de pied dans l'entrejambe. L'endroit où ça fait mal, très mal surtout quand rien ne le protège !

L'homme hurla de douleur.

Diane se livra à un rapide calcul. Si elle réussissait à se libérer de l'entrave de ses poignets, elle prendrait sans conteste l'avantage sur son agresseur. Mais tant que ses mains étaient prisonnières, le rapport de force était inversé.

Il lui fallait un peu de temps pour ronger les cordelettes de ses poignets. Elle choisit donc la fuite,

Elle prit une direction au hasard, laissant l'homme, toujours au sol et se tordant de douleur.

Surmontant sa souffrance, Fabrice la regarda s'enfuir.

Tu n'iras pas bien loin ! pensa-t-il en se relevant péniblement.

Le temps de récupérer dans le sac à dos le couteau qui avait déjà servi à couper proprement les vêtements féminins et de remettre slip, pantalon et chaussures, il partit à la poursuite de sa proie.

— Tu as choisi la mauvaise direction, Diane !

Il regarda autour de lui. Le gros bâton bien long qu'il aperçut ferait une excellente arme en complément du couteau. Il s'en saisit et s'engagea sur les traces de la fuyarde en grimaçant. Chaque pas faisait horriblement souffrir ses attributs virils.

Sans cesser de courir, Diane mordait ses liens qui résistaient. La forêt s'éclaircit, la mousse et les aiguilles de sapin laissèrent place aux rochers que ses pieds nus n'apprécièrent guère.

Diane s'arrêta soudain. Devant elle, le vide. Elle réalisa qu'elle se trouvait à la pointe d'un éperon rocheux. Elle se retourna. Dans quelques instants, elle devrait de nouveau faire face à Fabrice. Et les liens qui s'effilochaient, mais ne cédaient pas !

Le prédateur arriva, heureux de retrouver sa proie. Diane avait toujours les mains entravées. Ce serait facile de la pousser dans le vide. Il la contempla une dernière fois.

— Tu es magnifique nue et vivante au bord du gouffre. Tu t'es montrée coriace. Ça m'a changé de toutes les autres avant toi. Maintenant, tu vas aller les rejoindre. Ainsi mon péché avec toi sera effacé. Adieu, Diane !

Il se jeta sur elle, bâton et couteau en avant. Était-il aveuglé par la haine, par les pulsions ou surestimait-il son avantage sur sa proie aux mains attachées ?

Quand Diane vit le gros bâton arriver sur elle, au lieu de l'éviter, elle l'attrapa et le détourna de ses deux mains solidaires. Elle poursuivit le mouvement de rotation de son corps, releva son pied droit et frappa son agresseur en pleine tête. Une figure bien connue des pratiquants d'arts martiaux.

Fabrice chuta au bord du précipice. Il était sonné. Diane aurait pu simplement lui assener un nouveau coup pour le neutraliser. Mais, elle était à bout. Elle se força à oublier les règles à appliquer quand l'ennemi était vaincu. Cet individu l'avait violée comme son père et il avait voulu la tuer. Elle avait aussi compris qu'elle n'était pas la première et que les autres n'avaient pas eu sa chance.

Elle le haïssait. Il ne méritait plus de vivre.

D'un dernier coup de pied bien assené, le capitaine Diane Boldini envoya son violeur dans le ravin.

Le corps de Fabrice Ligier rejoignit ceux de Manon, de Tatiana et de toutes les autres au fond de la Combe de l'Enfer.

79

Le capitaine Charente retrouva Bruno près du crossover. Il revenait bredouille.

— Au point où nous en sommes, plus de raison de rester discret. On va l'appeler. Boldiniiiii !

— Diaaaaane ! cria Bruno à la suite.

Plus haut, Diane entendit imperceptiblement les appels. Depuis qu'elle s'était débarrassée de Fabrice, elle avait réussi à libérer ses poignets et demeurait prostrée au bord du précipice, les jambes repliées, le visage enfoui dans ses bras croisés appuyés sur ses genoux.

Elle avait eu envie de sauter à son tour. Pour se nettoyer définitivement de « leurs » souillures !

Heureusement, elle réagit. Non ! Les rejoindre était « leur » faire un trop beau cadeau !

Elle sortit de sa torpeur. Le besoin de remettre de l'ordre dans sa tête ! Les appels, sûrement Bruno et Olivier ! Ouf ! Bruno était sauf.

Diane se releva et revint sur le lieu de son viol. Elle retrouva ses habits. Les sous-vêtements avaient été sectionnés au couteau. En revanche, le chemisier et le jean lui avaient été retirés plus proprement. Elle put les remettre.

Elle glissa les lambeaux du slip et du soutien-gorge dans sa poche et enfila ses chaussures. Elle retourna jusqu'à l'éperon rocheux pour jeter le sac à dos et les cordelettes dans le ravin. Aucune trace ne devait subsister entre les deux sapins, lieu de son supplice.

Elle ferma les yeux et respira profondément plusieurs fois. Quand elle se jugea prête, elle partit dans la direction d'où provenaient les voix.

— Je suis là ! cria-t-elle quand elle aperçut enfin l'Audi et le Trafic.

Le capitaine Charente et Bruno poussèrent un ouf de soulagement en la voyant arriver.

— Contente de vous retrouver les gars ! lança-t-elle en jouant la décontraction.

— Putain, tu nous as flanqué une de ces trouilles, lui rétorqua Olivier. Qu'est-ce qui s'est passé ?

— Fabrice a voulu me violer. Je ne lui en ai pas laissé le loisir ! À la place, je lui ai offert un saut sans parachute au fond d'un ravin.

Pas facile pour le capitaine Boldini de mentir et d'ironiser. Diane était prête à craquer, mais elle tint bon.

À cet instant une violente déflagration retentit, suivie de plusieurs autres. Le bruit d'un bombardement en temps de guerre ! Ils levèrent la tête. C'était le fort Tramons qui explosait, tout du moins la partie sanctuarisée.

D'énormes quantités de plastic et de dynamite disposées en plusieurs endroits ! L'acte posthume de Bracha qui deux heures et demie plus tôt avait enclenché le mécanisme de destruction.

Bruno se souvint alors d'un verset énigmatique de la bible de Joseph Johnson à la fin du livre septième :

Quand le Guide Suprême s'éteindra, l'Apocalypse arrivera.

Il espérait que l'évènement marquait aussi la fin des Soldats de la rédemption.

Diane fut la première à parler :

– Ça simplifie les choses. Nous ne devons pas traîner ici plus longtemps. On s'en va avant que ça grouille de monde.

Elle avait repris le commandement.

Ils montèrent dans le Trafic. Diane s'assit sur le siège central, Bruno sur celui de droite en étendant sa jambe. Le capitaine Charente démarra. Le silence s'installa dans l'habitacle.

Diane se battait pour vider son cerveau et Bruno pensait à Claire.

La mission était terminée.

Le générique de fin du feuilleton *Mission impossible* aurait pu défiler sur l'image du Renault Trafic qui disparaissait au bout de la route au milieu des sapins.

FIN

ÉPILOGUE

6 mois plus tard

Bruno quitta la Sorbonne par la porte donnant sur la rue Victor Cousin. Solitaire.

Comme souvent, son regard se porta sur la terrasse de *L'Écritoire*, le café où il avait retrouvé Claire une première fois dix ans plus tôt. Claire avec qui il aurait pu faire sa vie. Mais le destin en avait décidé autrement.

Bruno n'oublierait jamais l'image de la lycéenne puis celle de la femme mûre qui avait tant compté pour lui. Claire, l'amour de sa vie, devenue définitivement inaccessible. Claire qui devait sans doute le regarder de là-haut. Comment pouvait-il en être autrement, tant sa foi avait été profonde ? Lui, l'agnostique, ne récusait absolument pas cette hypothèse. Il imaginait même Claire, de l'endroit où elle était, veiller sur Maxence, Emma et Louise.

Six mois déjà depuis ce 11 juin où tout s'était arrêté : la vie de Claire, son procès[1], son espoir de retrouver la liberté !

Tous les liens s'étaient rompus. Bruno n'avait eu ni la volonté ni le courage de rencontrer Maxence, Emma et Louise.

---

[1] L'action publique pour l'application de la peine s'éteint par la mort du prévenu, la prescription, l'amnistie, l'abrogation de la loi pénale et la chose jugée (article 6 du code de procédure pénale).

Étrangement, il n'était plus triste. Il avait rangé au fond de sa tête la merveilleuse histoire qu'il avait vécue avec Claire, même si certains épisodes étaient parfois douloureux. Il se la remémorait de temps en temps quand il en éprouvait le besoin.

La résilience humaine sait parfois se montrer extraordinaire. Dans le cas de Bruno, elle avait réussi à transformer la colère et la peine en un havre de paix rempli de souvenirs sublimes.

Le 11 juin avait été tout aussi éprouvant pour Diane. Les circonstances dramatiques de cette journée avaient déverrouillé son cerveau au prix d'une insoutenable violence. Les évènements de son enfance étaient enfin remontés à la surface.

Diane s'était sentie assez solide pour tout garder en elle, aussi bien le passé que le présent. La seule personne à qui elle en parlerait peut-être un jour était Bruno.

La force de caractère du capitaine Boldini était impressionnante. Personne dans son entourage n'avait perçu le moindre changement.

Une pluie froide s'abattait sur Paris. Bruno releva sa capuche et décida d'appeler un taxi :

— Rue Germain Pilon, s'il vous plaît !

Quand le taxi s'engagea sur le boulevard de Clichy, Bruno se souvint du trajet effectué à pied six mois plus tôt.

Cette fois-ci, il se fit déposer juste devant l'enseigne du *Tantra Massage Institut*. Le message reçu le matin même l'invitant à ce rendez-vous soudain l'avait autant surpris que ravi.

Tel un habitué, Bruno sonna sans la moindre hésitation. Sumalee lui ouvrit :

– Bonsoir Monsieur et bienvenue à l'institut ! Si vous voulez bien me faire l'honneur de me suivre !

À l'intérieur, une autre jeune femme. À part sa taille – elle était plus petite – c'était la copie conforme de Sumalee. Vraisemblablement Thaïlandaise comme elle, pieds nus, courte tunique blanche et tout aussi ravissante.

– Monsieur, je vous présente Hansa qui en thaï signifie Bonheur suprême, annonça Sumalee.

Bruno imagina aisément le nombre de clients qui devaient succomber à ce bonheur suprême.

Il pénétra dans la pièce à la lumière tamisée et embaumée par les parfums d'huiles essentielles.

Diane se redressa, belle et sans pudeur.

– Bonsoir toi ! lança-t-elle. Je suis contente de te retrouver.

– Moi aussi.

Deux mois qu'ils ne s'étaient pas vus !

Diane descendit de la table de massage, s'avança vers Bruno et lui posa un baiser sur la joue.

– Un massage duo, en souvenir d'Aix-les-Bains ? lui proposa-t-elle.

– Tu as toujours de très bonnes initiatives, répondit le prof d'histoire.

Il se déshabilla et s'installa sur la seconde table de massage. Les deux hôtesses s'enduisirent les mains d'huiles de chanvre, puis Hansa commença à masser les épaules de Diane, tandis que Sumalee s'attaquait à celles de Bruno.

Les deux ex-coéquipiers laissèrent leur esprit vagabonder un long moment pendant que les mains douces et fermes des masseuses s'appliquaient à les détendre.

Enfin, Diane rompit le silence :

— Tu te rappelles, il y a six mois, quand nous nous sommes retrouvés ici pour la première fois et que le colonel t'a présenté la mission pour authentifier l'évangile ?

— Oh que oui, mademoiselle Boldini !

Il la faisait toujours craquer quand il l'appelait ainsi. Elle garda toutefois son sérieux et poursuivit :

— Pour te convaincre d'accepter, il t'avait demandé si tu aimais la France.

— Oui, je me souviens très bien de son appel à mon patriotisme. Mais ce n'était pas ici, c'était à la Sorbonne lors de ma première rencontre avec lui.

— Zut alors, j'ai complètement raté mon effet. Tant pis !

À cet instant, la porte au fond du salon s'ouvrit. Le colonel entra. Il se dirigea vers le professeur d'histoire, bien résolu à concrétiser l'idée qui avait germé dans sa tête quelques jours auparavant.

On ne change pas une équipe qui gagne ! Il avait fait sien ce vieux proverbe sportif. Sans crainte de se répéter, il lança à l'enseignant :

— Aimez-vous la France, monsieur Martel ?

REMERCIEMENTS

à

Annie, mon épouse, pour sa patience, son accompagnement et ses remarques pertinentes,

Anne-Marie, François, Hélène, Jacques pour leur aide dans les domaines les plus variés,

mes professeurs du lycée Ponsard de Vienne et plus particulièrement ceux qui m'ont enseigné le latin, l'histoire et le français, me permettant ainsi de trouver davantage d'aisance pour écrire cette histoire.

les salons et festivals littéraires, les librairies et ateliers d'arts qui m'accueillent périodiquement pour des rencontres et des séances de dédicaces,

celles et ceux qui, parfois sans le savoir, dans le passé ou dans le présent m'ont inspiré des personnages, des situations ou des anecdotes,

toutes les personnes qui m'ont aidé dans mes recherches pour trouver ou approfondir les informations techniques nécessaires à l'écriture de ce roman,

vous tous, lectrices et lecteurs, sans qui mes romans ne vivraient pas.

POSTFACE

Rédemptions est une histoire née de l'imagination de l'auteur après la publication des épisodes de son roman-feuilleton *Le Prisonnier de l'île aux pêcheurs* sur les réseaux sociaux du 18 mars au 15 mai 2020, aventure qui a ensuite donné lieu au livre éponyme.

Les lecteurs désireux de connaître le passé de Claire Lachard et de Bruno Martel pourront donc le découvrir dans *Le Prisonnier de l'île aux pêcheurs*.